装丁　柳川貴代

目次

THE BITCH

■登場人物

路子・ビッチ・ビッチ4・ビッチ5
路子パパ・ビッチパパ・蟻パパ・旅人8
路子ママ・ビッチママ・蟻ママ・旅人7
路子カレ・主任・蟻カレ・ガイド

薬局・家庭教師・アブラムシ・旅人9
毒婦・孤児・旅人10
茶坊主・収穫係・旅人11

かえで1・まみ2・草1・旅人1
まみ1・かえで2・ビッチ3・旅人2
りょうすけ1・ゆうた1・草4・旅人3
けいこ1・ビッチ2・草5・旅人4
ゆうた1・けいこ2・草2・旅人5
ビッチ1・りょうすけ2・草3・旅人6

物語はこの世とあの世を行き来しながら進行する。

生々流転を繰り返すとある魂の呼び名である「ビッチ」は、「ビッチ1～5」として生まれ変わるたびに別の人生を生き、それぞれ別の俳優によって演じられる（ただし、「ビッチ4」「ビッチ5」のみ「ビッチ」を演じる俳優によって演じられる）。

観客は、「ビッチ1～5」を同じ魂が生まれ変わった姿として認識し、演じる俳優もそのつもりで演じて欲しい。

1

この世。

路子、路子の母（以下、「路子ママ」）、路子の父（以下、「路子パパ」）が居間で動物番組を見ている。

路子パパ　なるほどねぇ。まずは挟まれないようにハサミをもぎる。次に逃げられないように脚ももぎる。そうすれば心置きなく食べられるのか。さすがのズワイガニも達磨《だるま》にされたんじゃ手も足も出ないね。

路子ママ　それを言うなら「ハサミも足も出ない」でしょ。

路子パパ　そうこう言ってる間に今度はイセエビ食い散らかしてるぞ。おっと続いてウニいきますか。

路子ママ　なんか憎めないのよねぇ。高級品ばっかり食べちゃって本当は憎たらしいのに。

路子　ラッコって一日六十キロ食べるらしいよ。
路子パパ　六十キロ!?
路子ママ　浮かんでるだけならワカメ食べてればいいのに。
路子　海草は流されないように体に巻きつけるのに必要なんだって。
路子パパ　海の世界の穀潰《ごくつぶ》しってやつだなぁ。生きてるだけで立派だよ。別に役に立たなくたっていいんだ。存在することが大事なんだから。
路子ママ　そうよ。そもそもウニやイセエビが高級品だって勝手に決めつけたのは人間なんだし。
路子パパ　泳ぎが下手だから仕方ないらしいよ。魚を捕まえられなくて、獲りやすいものを食べるしかないんだって。ウニとか蟹は魚に比べてカロリーが少ないから、大量に食べなきゃラッコだって身がもたないんだ。
路子ママ　ちゃんと事情があるのよ。事情を聞きもしないで穀潰しだなんて言うもんじゃないわ。謝りなさい。
路子パパ　ラッコさんすみませんでした。
路子　私、どうして死のうとしたのかな。
路子ママ　この部屋なんか寒くない？

路子　ちょうどいいけど。
路子パパ　お茶でも飲もうか。いまお湯沸かしてるから。
路子　お父さんが？
路子ママ　お父さんだってその気になればできるのよ。
路子パパ　その気になればできる。人間その気になればできるんだ。その気になれば。
路子ママ　そういうのいりません。急かしてるわけじゃないからね。
路子　今回はどうやって死のうとしたのかな。
路子ママ　見て、あの顔。赤ちゃんも可愛いわね。
路子パパ　赤ちゃん？　いつの間に交尾したんだ？　聞いてないぞ。
路子ママ　お父さんが台所に行ってた間にオスがたまたま通りがかったのよ。
路子パパ　ずいぶん簡単に決めちゃうんだなぁ。選ぶとかってないんだねぇ。メスならなんでもいいんかい。子孫を残せればいいんだからなんでもいいんだろうね、実際。
路子ママ　自然界はシンプルで楽ね。
路子パパ　身近なオスを受け入れる。隣の波で揺れてるラッコ兄ちゃんで決まり。選り好みしてる個体は絶滅するんだ。シンプルにいこう、シンプルに。
路子ママ　そういうのいらないって何回言ったらわかるの。

路子　ラッコってラッコに生まれれば自動的に可愛いんだよね。なんかずるい。動物って顔が決まってるから、極端に外れなければ可愛いって見なされるじゃん。人間はどうしてそうならなかったのかな。次はラッコに生まれようっと。

路子ママ　残念だけどラッコには生まれ変われないのよ。あなたが結婚して子供を産んで、みんなみんなで田園調布で暮らして、優雅に年金使っていいものを食べてある朝コンと逝くころには、ラッコは絶滅してる可能性大なの。いっそのこと、このまま人間でいなさい。

路子パパ　でもさ、可愛いから絶滅しないように人間が異様に力を尽くしてるよね。弱ってる固体を救助して研究所で回復させたってワイドショーでやってたよ。わざわざ新しい薬まで作ったたって……

路子　薬……そうだ、薬飲んだんだった。

路子ママ　薬々って世の中なんでも薬で解決できるわけじゃないのよ。個体に働きかける前に環境汚染を食い止めないでどうするの。即効性を求めるのはかえって遠まわりなんだから。

路子　そうだ。胃洗浄されちゃったんだった。アホだよねぇ。店の棚から盗んだ薬大量に飲んだって通り挟んで病院なんだから即かつぎこまれるに決まってるじゃん。

路子パパ　そういえば、廃車になったニューヨークの地下鉄車両を海底に沈めて磯を作ったりしてるんだってね。そのお陰で魚が増えて釣りも盛んになったんだろう。

路子　要はコストダウンってことでしょ。破棄するのにものすごくお金かかってたもん。大丈夫かね。いいことばっかり報道されてるけど生態系に影響ないはずないし、環境汚染にもなってるはずだし。十年、二十年先のことなんておかまいなしなんだよね。

路子パパ　汚染物質は取り除いて沈めてるから心配ないって。

路子　汚染物質……

路子ママ　汚染物質〳〵って車両を舐《な》めたところで体に蓄積されるわけじゃないのよ。通勤ついでにベロベロ舐めとけば致死量に達していつか死ねるってことでもないんだから。

路子　大西洋に千二百台も地下鉄車両が沈んでるっておかしいでしょ。海混んできたね。大西洋の次はどこに捨てるつもりだろう。地上が埋め尽くされてきたからって海に進出するなって言いたい。ほら、マルマライ計画ってのもそうでしょ。

路子パパ　マルマライ計画？

路子　ボスポラス海峡を横断する海底鉄道トンネルを掘って、イスタンブールのヨーロッパ側とアジア側を繋げようとしてる計画。地震で液状化する可能性がある土壌なんだって。マグニチュード7・0の巨大地震がくる可能性が70％以上もあるのにどうしてそんなとこわざわざ掘るかな。無責任もいいところ。って私、なんでやたらとこういう話に詳しいの？

路子パパ　達也さんから聞いたんだよ。金属会社に勤めてるから。

路子　誰それ？

路子ママ　誰って……達也さんのこと覚えてないの？

路子　知ってる人？

路子パパ　おまえがいまお付き合いしてるかただよ。

路子ママ　会えば思い出すかもしれないわ。呼んでおいたわよ。

チャイムが鳴る。

路子パパ　来た来た。

路子　展開早いな。

達也（以下、「路子カレ」）、来る。

路子カレ　ただいま。
路子　ただいま？　私たち結婚してるの？　二世帯？　思い出せない。思い出せないけど、絶対にそんなはずないよ。
路子カレ　インドに出張してたんだよ。だからただいま。
路子ママ　ごめんなさいね。明日も朝早いのに。時差ボケつらいでしょう？
路子　今日って何曜日？
路子カレ　安心した。顔色はいいね。とにかく助かったんだ。好きなだけゆっくりすればいいよ。
路子　まずい。明日出勤日じゃん。ゆっくり休んでる場合じゃないよ。店の商品くすねて自殺図った挙句一週間も休んじゃったらクビになっちゃうよ。
路子ママ　電話しておいたから大丈夫よ。来週までお休みいただけてるわ。
路子　調合楽しいんだよなぁ。若い美人が水虫だったり二代目社長の切れ痔が何年も治らなかったり、ダークな処方箋で日が暮れてくと笑いが止まらないんだよ。薬剤師失格と言われようがなんと言われようが。クビになりたくないなぁ。ごめんなさい。私、あなたのこと一から十までさっぱり覚えてないみたいです。
路子カレ　無理して思い出そうとすることないよ。

路子ママ　一緒にいるうちに少しづつ記憶が蘇ってくる可能性があるって先生もおっしゃってたし。

路子パパ　インドって日中は四十度越えるのが当たり前なんだって？　冷たいものが飲めなくて大変だったね。氷も取り出さないと危ないんでしょ？

路子カレ　移動日に列車のなかで温かいヤギのミルクが出されたんですけど、インド六度目の商社さんはそれすら飲んでませんでした。

路子パパ　列車の旅か。楽しそうだな。

路子カレ　五時間も乗ってると飽きますよ。ひたすら田園風景が続くだけですから。

路子パパ　向こうの人って平気でホームをトイレ代わりにしてるって噂だけど本当？

路子カレ　悪しき集団心理ってやつですね。

路子パパ　今度はニューヨーク出張なんだって？

路子カレ　正式決定したわけではありませんけど。

路子ママ　企業買収でしょう？　一面に載るわね。大抜擢じゃない。

路子カレ　観光もできないほど過密スケジュールでしょうから決まって欲しくないのが本音です。

路子パパ　ヒルトンのスイートに泊まれるだけでもいいじゃないか。

路子ママ　エレベーター乗り換えないと行けない階にあるんでしょ。
路子パパ　なんでも部屋付けで、帰りは空港までハイヤーなんだろうし。
路子カレ　こんなにあちこち行かされてたんじゃそうでもないと身がもちません。
路子ママ　重役街道まっしぐらね。
路子カレ　（路子に）はい、お土産。
路子　チャイだ。やった。
路子ママ　本場の茶葉ね。
路子カレ　お土産は消耗品か免税店の化粧品に限るよね。
路子　私たちやっぱり親しかったんだ。伝統工芸品の袋とか箱とか買ってこられると使い道がなくてバザーに出すしかなくなるもん。
路子ママ　韓国の化粧ポーチは刺繍が細かくて素敵だったじゃない。お母さん愛用してるわよ。原色の掛け合わせって下手するとすごく下品になるのに、お父さんセンスいいの選んできてくれたじゃない。
路子　いまお父さんのこと立てた？
路子ママ　化粧品だって、口紅は赤一色だって思い込んでる旦那さんが多いのに、新色のピンクベージュを買ってきてくれたでしょ。

路子　お父さんのことまた立てた？
路子パパ　自分をわきまえただけの話だよ。女性の好みは店員さんが一番よく知ってるんだ。時には素直に人に頼る。店員さんのお陰だよ。
路子　お父さんいま会話に参加した？
路子パパ　達也くんはさすがだね。誰にも頼らなくてもちゃんと喜ばれるものを選べるんだ。
路子　お父さんいま人に会話ふった？
路子ママ　路子は何色《なにいろ》買ってこられても平気よ。白くて艶々《つやつや》してるから、似合わない色を探すほうが難しいわ。
路子　いま私のこと誉めた？
路子パパ　さてと。年寄りはそろそろ寝る時間かな。
路子ママ　そうね。もうお二階に行きましょうかね。
路子　ねえ。
路子ママ　なに？
路子　これは罠ですか？
路子パパ　お湯沸いてます。

二人、去る。

路子　状況としては、私たちは付き合っていて、あなたが出張している間に私が自殺未遂を図った。幸い命は助かって、こうして無事再会できた。

路子カレ　そうそう。

路子　こういう場合、キスくらいは普通しますよね。

路子カレ　いいよ、無理しなくて。

路子　よかった。……覚えてなくてごめんなさい。私たち、どのくらい付き合ってるんですか?

路子カレ　二年ちょっとになるかな。

路子　そんなに付き合ってるのに、何日か意識が飛んだだけでキレイさっぱり忘れちゃったんだ。私って嫌な女。

路子カレ　そんなことないよ。実のない二年だったし。

路子　え?

路子カレ　お互い親がうるさいから付き合ってることにしようって決めただけだから。

路子　表向きの関係だったんだ。

路子カレ　結婚のメリットがなんなのかがまったく理解できないんだよね。稼いだお金自由に使えなくなるなんてごめんだよ。そうは言っても、中堅どころで独身だと人間性を疑われて出世の妨げになるでしょ。とりあえず彼女はいるってことにしといたほうがしばらく時間稼ぎができる。三年期限で折り合いをつけようと思ってさ。

路子　そんな私たちはどこで知り合ったのかな。

路子カレ　ナンパ。

路子　私、声かけられたんだ一応。

路子カレ　じゃなくて、バーの男子トイレの前で外まわりしてたでしょ？

路子　外まわりなんかしてたんだ。薬局も不況なんだね。

路子カレ　語り口は不況っていうより副業のノリだったよ。学校の先生が秘密で塾で働いてマンションの頭金貯めたりするようなノリ。心の病の新薬を調合してみたから治験に応募してみませんかってもちかけてきたじゃん。

路子　バーの男子トイレの前で？

路子カレ　悩み抱えてるやつが集まる場所だからね。

路子　それはいつの時代のどこのバーの話だろう。記憶の糸を手繰り寄せる。記憶の糸よ、繋がれ。ダメだ。全然思い出せないけど、私ってあんまりイイやつじゃない気がしてきた。

路子カレ　事情があったんじゃない？
路子　なるほど。で、私の事情ってなに？
路子カレ　さあね。踏み込んだ話なんてしたことないもん。深く関わらないほうがお互いのためになるからさ。職場の人間に訊いてみたら？
路子　職場の記憶もぼんやりしてるんだよね。なのにどうして鉄道のことはやけに詳しく覚えてるんだろう。
路子カレ　それは存在のアリバイだもん。辻褄が合わなくなったらおしまいだからね。
路子　存在のアリバイ。本当は存在してないみたいな言い方だね。
路子カレ　人はみな陽炎《かげろう》。
路子　もしかして私が自殺すること知ってた？
路子カレ　もうすぐ三年の期限がくるからね。出張の時期にしようって相談して決めたでしょ。こんな非常事態でも起こさない限り別れることにまわりが納得しないからさ。運よく記憶は飛んだみたいだし、感情が過去と一緒に消えて上手くいかなくなったって話ならみんなも頷《うなず》けるんじゃないかな。
路子　さてどうする。
路子カレ　どうにもならないね。世の中どうにもならないこともたくさんある。覚えておこう。

路子　じゃあ、これで解消ってことで。
路子カレ　よし。終わり。
路子　ありがとさん。

路子カレ、去る。
路子、務め先の青空薬局（以下、「薬局」）に電話をかける。

薬局　はい、青空薬局です。
路子　もしもし相川です。
薬局　路子さん？
路子　この度は大変ご迷惑をおかけしました。死ねませんでした。
薬局　お母様から事情は伺っています。大変でしたね。元気になるまでゆっくりお休みしてください。
路子　もう平気です。明日からまた職場復帰させていただけませんか？
薬局　明日のシフトはもう埋めてしまいました。お気持ちだけありがたく頂戴いたします。
路子　実は店からくすねた薬が色々出てきたんです。今回の自殺には使わなかったみたいなんですけど、常連さんの処方箋を複製して勝手になにか作った形跡があって……。早くお返ししたほうがいいですよね。

路子　そうですか。因みにいま手元になんの薬を持ってるんですか？

薬局　ビタミンCとハイチオールとシナールとルリッドとコラーゲン。美白願望なかったはずなんだけどな。死に化粧してもらえないとでも思ってたのかな。

路子　わかりました。返しに来てください。私、午前中ならおりますので。

薬局　図々しいとは思うんですけど、どうせなんで一日分飲んじゃってもかまいませんかね？ちゃんと買い取りますんで。

路子　いけません。絶対に飲まないでください。特に粉末剤は。

薬局　失礼ですけど、お名前を伺ってもよろしいですか？

路子　青空薬局です。

薬局　青空薬局のどなた様でしょうか？

路子　明日来ていただければわかります。

薬局　情けない話、実は場所も思い出せないんです。親に訊いてもどうしたわけか知らなくて。

路子　迎えに行きましょうか。

薬局　道順を教えていただければ伺います。

薬局　迎えに行きましょう。駅前のバス通りを百メートルほど北に行くと右手に赤鳥居がありますよね。

路子　探してみます。

薬局　いまからそこに迎えに行きます。

路子　いまからですか？

薬局　ちょうど外まわりの時間ですので。ビタミン、持ってきてくださいね。全種類お忘れなく。

薬局、電話を切る。

2

指定の赤鳥居の前。

数分後。

女（以下、「薬局」）がいる。

路子、その傍らでぎこちなく電話の相手を待つ。

路子 すみません。駅前の赤鳥居って言ったらここしかありませんよね？

薬局 ウォッカで飲んだでしょ？　戻すからアルコールで飲むなってあれほど言ったのに。気持ちもわかるけどさ、牛乳で胃に膜を作ってあげないと戻すんだってば。アルコール入ってると胃洗浄もしやすくなるし。あれ手に入れるの苦労したんだからね。

路子 ここで青空薬局のかたと待ち合わせしてるんですけど。

薬局 それ私。私が青空薬局。私たちフリーランスだもん。

路子　フリーランス？
薬局　青空薬局なんてそもそもないよ。個人で請け負ってるの。色々。
路子　ってことは私、薬剤師じゃないんですか？
薬局　ここまで誰かにつけられてない？
路子　つけられてません。
薬局　合言葉は？
路子　合言葉？　それどころじゃないくらい記憶飛んじゃってるんですけど。
薬局　合言葉。
路子　記憶の糸を手繰り寄せる。記憶の糸よ、繋がれ。思い出せるわけないよ。
薬局　これ飲んで。落ち着くから。

薬局、飲みものを差し出す。
路子、飲む。

路子　「麻布マダムは二回で噛む」。あ、覚えてる。やっぱり私ってあんまりイイやつじゃない気がする。フリーランスの薬売りって平たく言うとドラッグディーラーってことですよね？

薬局　主にはね。薬が多いけど、薬とは限らない。人の場合もある。

路子　人？

薬局　頼まれた場所に頼まれたブツを持ってくのが仕事だから。中身は詮索しない。詮索するとためにならないからね。今日は、掲示板で募ったのを東京で拾って赤坂のラウンジで引渡し。

路子　募ったのを拾って引き渡す。歩合制ですよね、当然。

薬局　報酬は手渡し。

路子　口座開けなさそうですもんね。

薬局　噴水に沈められたアクリルの箱のなかとか、鉄線の柵を越えた二つ目のマンホールの蓋の裏とか。そういうところにだいたいある。たくさんたくさん。

路子　違法行為ですよね。

薬局　それフリーランスの落とし穴。そうやって難しく考えると人は引きこもってくんだから。誰かのためになにかをする。誰かのためにそのなにかをすることで誰かしらのためになる。社会との接点なくしたら終わりだよ。世の中、人と人との連なりだからさ。私のためになにかをする。私のためにそのなにかをすることで私のためになるって引きこもると肩凝りが慢性化するよ。

路子 健康に関心がおありで。でも違法行為ですよね。

薬局 肩凝りが慢性化すると気分が憂鬱になって、憂鬱な気分が慢性化して鬱を発症するんだって。侮るなかれ。

路子 違法行為はヤダなぁ。

薬局 青色申告しなくて済むよ。

路子 保険は？

薬局 いつまで生きる気？

路子 自殺しといてそりゃないか。因みにさっき私に飲ませたのは？

薬局 「コラーゲン」。

路子 別名はなんというお薬でしょうか？

薬局 ロヒプノール。

路子 それは別名ルーフィーズというお薬ですね。ずばりデート・レイプ・ドラッグじゃありませんか。なにする気？

薬局 外まわりの前にいつも飲んでたじゃん。ダウナー系だからハイテンションになるし。

路子 ってことはこの「コラーゲン」もルーフィーズ？

薬局　エクスタシー。
路子　この「シナール」は？
薬局　ハルシオン。
路子　「ルリッド」は？
薬局　リタリン。来週運ぶやつ。
路子　じゃあ「ハイチオール」は？
薬局　まだ言えない。
路子　「ビタミンC」ってのは？
薬局　それもまだ言えない。返して。全部。
路子　なんか楽しくなってきたぞ。効いてきた効いてきた。

薬局の電話、鳴る。

薬局　（出る）あのさ、善人対悪人じゃないんだからさ、考えてもドツボにはまるだけ。（……）交通事故が増えたからって車の生産を止める車会社なんて聞いたことないでしょ？（……）え？　ああ。あの高そうな絨毯に包まれて捨てられてた子？　仕方なかったんじゃない？　一人がもたつくと全員がもたつくからさ。（……）そんなところで価格操作してどうする気？（……）焼けばいいでしょ。芯までしっかり火を通す。（……）最初はそんなもんだから。早まらないように。

薬局、電話を切る。

路子　隠し口座たくさん持ってる謎はだいたい解けた。問題はなにに使うつもりだったのかってことだよな。私、これといった趣味も夢もなさそうなやつだし。

薬局　英会話通うって言ってたのは？

路子　もう終わった。

薬局　ネイリスト検定は？

路子　それも終わった。去年の夏に塗ったペディキュア剝《は》げかけたまま一冬越えちゃってるくせに飛躍し過ぎた。地味な作業が重要だよね。模様替えしてからズレたままのマットレス、いい加減直さなきゃ。曲がってるのは背骨だけで十分だよ。寝床ごと曲がってちゃいい夢見られるわけないもん。せっかく低反発のやつなのに。

薬局　別れてきた？

路子　別れてきた。
薬局　次のアリバイどうするの？
路子　もういいかなぁ。私あんまりイイやつじゃなさそうだし、存在するのやめようかと思って。そしたらアリバイもいらないよね。
薬局　大きく考え過ぎ。もっと小さな幸せに目を向けなよ。日々の喜びなんて小さく積み重ねていけばいいじゃん。ディズニーの新しいアトラクション乗りに行こうよ。
路子　待ち時間は？
薬局　土日は三時間待ち。けど平日なら一時間半でいけるかも。お洒落してはしゃぐだけでも楽しいし。
路子　地震で液状化する地盤なのに相変わらず混んでるんだね。なに着て行こう。
薬局　O・P・Iのクラックネイル試してみた？
路子　クラックネイル？
薬局　ベースに好きな色を一色塗った上に重ねて塗ると、表面がひび割れてネイルアートになってくれるやつ。簡単なのにサロンでやってもらったみたいな仕上がり。あれなら続くよ。
路子　せっかく作ったベースにわざわざひび入れちゃうんだ。それって爪の液状化じゃん。

薬局　新色なかなか手に入らないんだよね。マツキヨに買いに行ったら長蛇の列だった。
路子　地上はどこも混んでるんだね。
薬局　オンラインでも数分で完売。
路子　ネットの世界まで混んできたか。
薬局　仕方ないからメイベリンニューヨークのやつ買っといた。これ。（出す）まずは手に塗ってみなよ。あがるからさ。ペディキュアはサンダル履く季節になったら気にすればいいじゃん。
路子　江ノ島も湘南もどこもかしこも混んでるんだろうな。
薬局　O・P・Iはハワイで買ってくる。お土産ね。
路子　ワイキキも混んでるんだろうな。そのうちロスの路面電車も捨てられるんだろうな。大西洋の次は太平洋か。肩凝りの薬くれない？
薬局　絵画教室通うって言ってたのは？
路子　もう終わった。
薬局　アロマテラピー検定は？
路子　それも終わった。ていうか全部もう終わりにする。いいから肩凝りの薬、ちょうだい。
薬局　合言葉は？

路子　「コロラドスプリングス」。

薬局、路子に薬を渡す。

薬局　これマジだよ。失敗はありえないからね。
路子　サンキュー。今度はちゃんと牛乳で飲みますです。
薬局　楽に逝ってよ。
路子　御代《おだい》は今日の私の取り分ってことでいいよね。
薬局　ディズニー一人で行きたくないなぁ。
路子　ミッキーによろしく。

薬局、牛乳を路子に渡す。
去る。

路子　（歌う）ミッキマウス、ミッキマウス、ミッキミッキマウス。ミッキマウス、ミッキマウス、ミッキミッキマウス。

薬を飲む。
暗転。

3

あの世。
自殺に成功した路子が独り言を言っている。
その傍らで十七世紀のフランス人女性（以下、「毒婦」）が呆れた様子で聞いている。

路子　そんなわけで、私はマルマライ計画の行く末を案じて自殺しました。ボスポラス海峡を横断する海底鉄道トンネルは、来年工事完了の予定です。巨大地震がいまにも来るって時に、地震で液状化する土壌にわざわざトンネル掘っちゃうような世の中です。もともと鬱の性質があった人間には耐えきれません。まあ、死ぬ前に着工されてましたから、自殺の動機は後付けなんですけどね。それにしたって、悪ノリして爪の液状化まで流行らせちゃう世の中どうかと思いませんか？　気が滅入る話ばかりしてすみません。真面目に聞かないでください。根暗な死人の戯言《たわごと》ですから。生きてるみなさまはまだまだこれから。これからです。ここ、死後の世界で私は態度が悪いって言われてます。学校で生活態度が悪いと自宅待機になりますよね？　態度が悪ければ「死後の世界待機」になるんじゃないかって密かに期待してるんですよ。生まれ変わり権失効ってないんですか？　愚問でした。輪廻《りんね》ってグルグルまわらされるってことで、無限だから失効は無理ですよね。剝奪でどうですか？　生まれ変わり権剝奪は？

毒婦　生まれ変わりは権利じゃありませんので。

路子　一種の資格だって言いたいんでしょ。なくていいです。取得した覚えもありませんし。

毒婦　義務ですから返上できません。

路子　義務って不適応な人にも課せられるんですか？　地上ではそんなことありませんよ。

毒婦　ここは死後の世界です。

路子　この会話も義務教育？　この先生、話通じてない。上の人だしてくれませんか？　校長だせ。

毒婦　霊魂の連なりに上下関係はありません。

路子　校長って俗っぽい言い方過ぎました。最高責任者をだしてください。地球人が言う神様ってやつ。

毒婦　神様ですか。宗教によって違いますよね。

路子　キリストでもアッラーでもブッダでも、とにかく生まれ変わり義務を破棄してくれる決定権がある最高責任者であれば誰でもかまいません。ところでどうして西洋人なの？英会話学校とかインターナショナルスクールでも、不良外人の先生増えてきたよね。文法もろくに教えられないくせに外人だってだけで実力で遥かに上まわる日本人講師にとって代わってレッスンしてるけど、そういう理不尽、死後の世界にまで広がってたとは。

毒婦　あなたはご自分の意思で私を西洋人として見ているのですよ。

路子　人のせいにする。あ、そう。

毒婦　私のことを覚えてませんか？

路子　一から十までさっぱり覚えてません。

毒婦　仲良しだったんですよ、私たち。一六六〇年フランス、黒ミサ参加者が一斉に逮捕され始めたころのことです。あなたは王室に仕える薬剤師で、私にヒ素を基材とした毒薬を分けてくれたじゃありませんか。私はその三酸化ヒ素で主人と義母を毒殺して、火刑法廷にかけられました。

路子　一言も信じない。

毒婦　アクア・トファナというヒ素でした。どれくらい効くか試すために、マドレーヌを携えて一緒に孤児院をまわったじゃない。匿名で差し入れて院長に口止め料まで払ったのに、どうして特別審問会で私の名前が公表されたのか、いまだに腑に落ちません。

路子　私もあんまりイイやつじゃないけど、あんたもあんまりイイやつじゃない気がしてきた。

毒婦　これ以上生まれ変わりたくなければ変えることです。

路子　変える？

毒婦　カルマを変える。あなたはすでに何度も生まれ変わっています。フランス王室に仕えた薬剤師の前は、江戸時代の姫でした。一八〇〇年代のニューヨークでも生きています。搾取工場で働かされていた女工で、吹雪の晩にわざと出かけて鉄道馬車に轢《ひ》かれたでしょう？

路子　仕方ないじゃん。

毒婦　覚えてるじゃありませんか。

路子　覚えてないけど、搾取工場で働かされてたんだったら事故で死んだほうがマシに決まってるもん。鉄道馬車さまさまだね。

毒婦　搾取工場の女工のあとは、第二次世界大戦中に大西洋に沈没した潜水艦から脱出拒否して戦死しています。

路子　祖国のために喜んで死ねって教育だもん。時代だよ、時代。

毒婦　ロシア人でした。

路子　その潜水艦脱出拒否死の人生から急に水気を帯びてきたんだね。乗りものの事故から服毒自殺に切り替えたあたりに退治すべき魔物が棲んでる気がするけど、そこまで自分を知りたくない。

毒婦　どうしてそんなにやる気がないんですか！

路子　わかった。ここは妥協する。生まれ変わりじゃなくて、復活でどう？

毒婦　復活？　キリスト教でいうところの復活ですか？　同じ人格で一度限りの転生ってやつ？

路子　ここはそれで手を打たせてよ。

毒婦　あなたなにも変わらずにそのまま復活したところで、世のため人のためどころか自分のためにすらならないでしょう！

路子　（無視）ここに来て半年になります。秋に自殺したあと、年明けに生まれ変わらされそうになりました。雰囲気でわかったんですよ。全身全霊で踏んばりました。で、この通り、まだこっちにいます。駄々ってどこでも通用するんですね。あ、また来たなって思ったらずっと踏んばり続けるつもりです。そのうちラッコも絶滅するでしょう。ラッコどころかついには地球もなくなるかもね。こうなったら地球と根競《こんくら》べです。勝つよ、この勝負、勝ちにいくよ。

江戸時代の男（以下、「茶坊主」）、来る。

茶坊主　相変わらず大きな対戦相手を選びますね。

路子　茶坊主。

茶坊主　目にする者すべてご自分のイメージで想像されているのですよ。私のことを覚えてませんか。

路子　一から十までさっぱり覚えてません。

茶坊主　仲良しだったんですよ、私たち。江戸時代にあなたが一国一城の姫君だった時に、私は家頼みの茶坊主で、いつも廊下をうろちょろしていました。本当に覚えてませんか？

路子　覚えてないよ。

毒婦　忘れるのは生まれ変わってからだというのに、怠慢なこと。

茶坊主　ここにいる間は私たちのことを覚えているはずです。姫様はまったく変わってらっしゃらない。

路子　あ。復活を封じさせるために輪廻がある背景の姿で出てきたんでしょ。

茶坊主　坊主とは名ばかり。茶坊主に僧はいませぬ。武士が将軍に仕えているだけの話です。

路子　姑息だね。本来なら一回で済むところを何度も同じ魂に輪廻させるなんて。
茶坊主　ですから茶坊主に僧はいませぬ。
路子　なにここ。霊魂の搾取工場じゃん。時代遅れだよ。地上だったら取り締まられるよ。
茶坊主　どうしてそんなにやる気がないんですか！
路子　人のことでよくそんなにムキになれるね。
茶坊主　人ごとなんかじゃありません。人と人の間で生きるのが人間であり、すべての生は繋がっています。一人ひとりの死もまた互いに、お数珠《じゅず》のように連なっているのです。
路子　数珠繋ぎですか。
毒婦　そうよ、あなたのせいで、私の人生も大幅に狂ってしまったんだから。私は主人と義母を毒殺した罪で処刑されるはずでした。それをあなたが偽りの自白をして、やってもいないのに火刑法廷にかけられて打ち首になったでしょ。そのせいで、私は無実になっちゃったのよ。
路子　ありがとうって言いなよ。
毒婦　私の刑を返してください。
路子　人それぞれだね。
毒婦　「嘘はつかないこと」道徳の基本です。あの事件は私の魂の学びでした。それを死にたがりのあなたが横取りしたから、私の魂はその生で昇格できませんでした。

路子 こんなところに来てまで出世狙い。あ、そう。

毒婦 無罪放免にされたあと、私は修道院で黙想して生涯を終えました。膝が割れるまで聖ヨハネに祈りを捧げましたが通じるわけもなく。

路子 修道院って三食昼寝つきだよね。市民がバタバタ餓死してた時代に。

毒婦 私は正当に裁かれなかったがために、次の生でも同じ学びを繰り返さなければならなくなりました。

路子 ありがとうって言いなよ。

茶坊主 私たちは同じ魂のグループなんです。

路子 魂のグループ。

毒婦 あなたが変わらない限り、同じグループの私たちまで次の生でもその次の生でも延々と同じカルマに苦しんでしまいます。

路子 連帯責任ってこと。

毒婦 そうです。今度こそはきちんとやり直して来てください。

路子 私のせいで全員居残り。

茶坊主 姫様はまだ何通りもの人生を生きなおす義務がおありです。

路子　どうでもいいけど私、城持ちだったんだぁ。その生はどうやって終わったの？
茶坊主　坊ちゃん育ちの大名がキレて起こした刃傷《にんじょう》事件の巻き添えを食って切腹させられました。
路子　聞くまでもなかったね。
茶坊主　うろちょろしてただけの私まで煽りを受けて毒饅頭《まんじゅう》を食べさせられたんですよ。それどころか家頼み契約を永久破棄されて子孫にまで累《るい》を及ぼしてしまいました。隠居の選択肢も与えられていたというのにあえて切腹を選ぶ姫がいますか。死ぬなら一人で死んでください。立場というものがあるでしょう。姫様はそこからしてものの因果をわかってない。
路子　どうせ説教するなら愉快な説法にしてよ。坊主なんだから。
茶坊主　ですから茶坊主に僧はいませぬ。武士が将軍に仕えているだけの話です。ってこれ何度目ですか？
路子　武士ねぇ。
茶坊主　政治絡みの機密機構から人間関係まですべて網羅しているんです。大名たちの間を泳ぎまわりながら茶の湯の企画を立てていればこと足りるポジションなんかじゃないんですから。

路子　で、刀持ってんの？
茶坊主　すんごいの持ってます。見せます？
路子　斬って斬って。
茶坊主　ビッチ。
路子　いまなんて？
毒婦　ビッチ。
茶坊主　姫様の魂のニックネームです。
路子（以下、「ビッチ」）　座布団一枚。ところで信長とは知り合い？
茶坊主　どちらかといえば秀吉様ですね。
ビッチ　秀吉の時代の茶坊主か。どうせなら利休だしてよ。利休に会いたい。
茶坊主　利休殿に会われるにはまだ魂の学びが足りません。お会いしたければ更なる修業に励まれることです。
ビッチ　利休だせ。
茶坊主　千年早い。
ビッチ　いまから目瞑《つぶ》るよ。目を瞑ります。目を瞑って十まで数えるからね。十まで数えて目を開けたら、ちゃんと利休になっててよ。

ビッチ、目を瞑って十まで数える。
暗転。

4

この世。

ビッチ（以下、「ビッチ1」）、生まれ変わる。

小学校の教室。

教師の「かえで1」、児童四人（以下、「まみ1」「りょうすけ1」「ゆうた1」「けいこ1」）がいる。

かえで1　六時間目は道徳です。先週の復習から始めましょう。先週のテーマはなんでしたか？　さんはい、

児童全員　「嘘はつかないこと」。

かえで1　どんなに悪いことをしても、たとえそれが取り返しのつかないような恐ろしいことでも、正直に打ち明けてください。正直に話してくれた子は廊下に立たせたりしません

からね。
児童全員　はーい。
ビッチ1　義務教育のやり直しですか。しかも道徳。
かえで1　早速ですが、生きもの係から残念なお知らせがあります。
まみ1　ピョン吉が死にました。
りょうすけ1　うっそ⁉
まみ1　朝礼のあと餌《えさ》をあげに行ったら、血を吐いて死んでました。
りょうすけ1　うっそー⁉
まみ1　昨日小屋の掃除をした時には元気に跳びまわってたのに。急に死んじゃうなんて……。
ゆうた1　死は待ってくれないからね。
かえで1　掃除をしたあと、鍵はちゃんと返しましたか？
まみ1　はい。いつも通り、警備員のおじさんに返しました。
りょうすけ1　昨日は木曜日。となると警備員は今泉貴之さんだね。
ゆうた1　貴婦人の「貴」って書いて「たか」って読むんだよ。庶民かつおじさんだけど。
けいこ1　米屋の次男でサウスポー。甲子園を目指したこともあったけど補欠で出られなかったんだって。

ビッチ1　詳しいね。
りょうすけ1　ロッカーの鍵をかけ忘れて、ユニフォーム盗まれたこともあるんだって。うっかりしてるんだよね。昨日は木曜。となると問題の警備員はその今泉貴之さんだね。
ビッチ1　すごく詳しいね。
けいこ1　うっかり鍵をかけ忘れたんじゃない？　それで夜、悪い人が入ってきてピョン吉を殺したんだね。
ビッチ1　けいこちゃん、どうして夜だって知ってるの？
ゆうた1　因みにうっかりっておじさんになったら「ボケ」って言うらしいね。ボケだったら、庶民の今泉貴之おじさんを責めるのは間違ってると思うな。
りょうすけ1　ゆうたくんの言う通りだ。ボケてる庶民のおじさんを責めるわけにはいかないよ。
けいこ1とりょうすけ1　「弱いものいじめはしないこと」。
けいこ1　先々週のテーマです。
ゆうた1　ボケてるんだったら、昨日のことなんてとっくに忘れてるだろうしね。
かえで1　まみちゃんが最後にウサギ小屋の鍵を見たのはいつでしたか？
まみ1　下校時刻だったから、四時頃でした。

けいこ1　やっぱりね。やっぱり夜中に知らない人が忍び込んでいたずらしたんだ。
まみ1　知らない人じゃないと思います。
けいこ1　まみちゃんなに言ってるの？　頭おかしいんじゃない？
ビッチ1　まみちゃん、どうして知らない人じゃないと思うの？
まみ1　知らない人はわざわざ鍵を使って小屋を開けないでしょう。
ビッチ1　つまり？

まみちゃん、泣き出す。

かえで1　このなかに、ピョン吉を殺した人がいます。正直に名乗り出てください。正直に名乗り出てくれれば先生は怒りません。水を入れたバケツを頭に乗せて廊下に立たせたりしません。

沈黙。

かえで1　やった人は手を挙げてください。誰も手を挙げないと、クラス全員の責任になりま

す。私たちは同じクラスの仲間です。「連帯責任」といいます。新しい言葉ですね。覚えましょう。さんはい、

全員　「れんたいせきにん」。

かえで1　やった人は手を挙げてください。十まで数えます。十、九、八、七、六、五、四、三、二、一。先生とても悲しいです。早速、今日の連帯責任です。来週の遠足で他のクラスはお菓子を三種類持ってきていいことになっていますが、うちのクラスは一種類にします。

りょうすけ1　うっそ⁉

けいこ1　かえで先生、かえで先生。

かえで1　なんですか、けいこちゃん。

けいこ1　一種類だけだと交換するのに不利になっちゃうよ。

かえで1　そうね。

ゆうた1　みんなが好きなスイーツなんてそうそうないからね。一種類で勝負しなきゃダメとなると、誰も交換してくれなくなる可能性大。さてと。厳しい戦いだ。

かえで1　それもそうね。

けいこ1　それどころかみんなが同じお菓子を持ってきちゃったらどうするの？　交換っこも

できないよう。

かえで1　やった人は手を挙げてください。正直に名乗り出てくれれば先生は怒りません。氷を入れたバケツの水で雑巾を絞って廊下掃除をさせたりしません。

沈黙。

かえで1　都こんぶかのど飴の二択にします。

りょうすけ1　うっそ!?

ビッチ1　はい。

かえで1　なんですか、ビッチちゃん。

ビッチ1　フリスクはありですか?

かえで1　……いいでしょう。

ビッチの声　やった。

ゆうた1　けいこ、楽しげなやつをチョイスすればいいじゃないか。ピーチとかグレープとか。生きる知恵っていうんだぜ。覚えとけ。

かえで1　楽しげなやつはダメです。

けいこ1、泣き出す。

ビッチ1　私、ドライハードにするからけいこちゃんはミントにしなよ。スースーして楽しいよ。ドライハードは一気すると軽く彼岸が見えるもん。シンナー吸うにはさすがにまだ早いけど、気分だけ味わうのはありだよね。えんそく、えんそく、たのしいな。

かえで1　ドライハードは禁止します。

けいこ1、また泣く。

りょうすけ1　こうなったら今泉さんに自白させようぜ。

ゆうた1　りょうすけ、やってもないのに自白するはずないさ。裏金でも使う気なのか。りょうすけの小遣いじゃ足りないぜ。

まみ1　第一おじさんがピョン吉を殺すわけないよ。

りょうすけ1　「どうき」ってやつですか。

けいこ1　このまえ、スーパーで唐揚げと冷凍チャーハンとチョコデニッシュ買ってたの見たよ。捨てられたんじゃない？

かえで1　奥様はお亡くなりになられたそうです。けいこちゃん、先生なんて言いましたか？

けいこ1　「人の悪口を影で言わない」。

かえで1　よくできました。万年筆をあげますよ。

ビッチ1　かえで先生、かえで先生。

かえで1　なんですか、ビッチちゃん。

ビッチ1　それ職員室の備品ですよね。

かえで1　ビッチちゃん、先生なんて言いましたか。

ビッチ1　「大人の事情に首をつっこまない」。

かえで1　よくできました。ものさしをあげますよ。

チャイムが鳴る。

かえで1　下校時刻です。このままだと全員帰れません。やった人は手を挙げてください。

ゆうた1　そう言えば、今泉貴之おじさんの息子って、新幹線とウサギを足して2で割ったみたいな顔でドンキホーテが大好きなんだって。「ラビット28号ドンキホーテ行き」ってあだならしいぜ。

りょうすけ1　ひどいなぁ。ウサギ嫌いになっちゃうよね。

けいこ1　「どうき」ってやつね。

まみ1　ちがう。雑草むしりの恨みだと思う。

りょうすけ1　雑草むしり？　なにそれ？

かえで1　放課後の掃除をさぼった班が、ウサギ小屋の前の花壇の雑草をむしることになっていましたね。

まみ1　りょうすけくん楽しようとしてなかった？

けいこ1　まみちゃんなに言ってるの？　頭おかしいんじゃない？　だーれも除草剤蒔《ま》いて早く終わらせて児童館に行ったりなんかしてないよ。

ゆうた1　昨日は児童館でホットケーキ作りのレクリエーションがあったらしいね。俺はチェロのレッスンだったけど。

まみ1　これ。ピョン吉が倒れてた側にありました。

ビッチ1　除草剤……

かえで1　なるほど。花壇のチューリップが一斉に枯れた謎がこれで解けました。

ビッチの声　あーまたこんな世の中に生まれてきちゃったよ。終わりにしたい。

かえで1　一年生が入学記念に植えた夢と希望の球根でした。
まみ1　やっと花が咲いたのに。
かえで1　やった人は手を挙げてください。正直に名乗り出てくれれば先生は怒りません。氷を入れたバケツの水で雑巾を絞って廊下掃除をさせたあと、その水を頭からぶっかけたりしません。十まで数えます。十、九、三、二、一。先生とても悲しいです。昨日の嘘は今日の嘘。今日の嘘は明日の嘘。この不正直はいったいどこまで連なってゆくのでしょう。
まみ1　除草剤を蒔いてるのを見て注意したっておじさんが言ってました。
ゆうた1　いくら庶民のおじさんでも顔を見れば何年何組の誰だったかくらいわかるさ。
かえで1　真実は必ず明るみにでます。注意された当てつけでおじさんが可愛がっていたピョン吉を殺したのであれば、謝って欲しい。先生が望むのはそれだけなのよ。

かえで1の携帯電話、鳴る。

かえで1　（出る）はい。四時に予約しています。（……）フェイシャルはやったことありますけどボディは初めてです。（……）赤みはどれくらいで引きますか？（……）血のめぐりが悪いとねぇ。（……）大丈夫です。北口でしたよね。はーい。

切る。

ビッチの声　攪乱《かくらん》するのも飽きてきたな。一気に話まとめちゃおう。
ビッチ1　はい。
かえで1　なんですか、ビッチちゃん。
ビッチ1　私がやりました。
まみ1　ビッチなに言ってるの？　やってないよ。
りょうすけ1　やっぱりね。ビッチだと思った。
けいこ1　ビッチひどーい。
かえで1　「嘘はつかないこと」。
ゆうた1　ビッチ、本当にやったのか？
ビッチ1　やりました。
まみ1　やってないよ。
ビッチ1　ピョン吉ごめんね。死ぬから許して。

ビッチ1、除草剤を一気飲みする。

まみ1　ビッチ!?
けいこ1　除草剤?
かえで1　なにしてるのー!?
りょうすけ1　うっそ!?

ビッチ1、その場に倒れる。

ビッチ1　十、九、三、二、一。

死ぬ。
暗転。

5

死後の世界。
ビッチが独り言を言っている。
茶坊主と毒婦が呆れて聞いている。

ビッチ　そんなわけで、戻って参りました。児童館でホットケーキ作りをしたいがためにウサギを毒殺する児童を、エステに間に合いたいがために先生が見逃してしまうような世の中です。もともと鬱の性質があった人間には耐えきれません。まあ、先生が見逃す前に私が除草剤を一気飲みしたので、自殺の動機は後付けなんですけどね。それにしたって、職員室の備品を生徒に配りまくる先生はどうかと思いませんか？　真面目に聞かないでください。根暗な死人の戯言《たわごと》ですから。生きてるみなさまはまだまだこれから。これからです。

茶坊主　とってつけたようなマクラを振ってる場合じゃないでしょう。
ビッチ　また茶坊主。
茶坊主　いい加減事《こと》の重大さに気づいてください。あのあと、りょうすけくんとけいこちゃんはなにをやっても捕まらないことに味をしめて、虫や小動物を殺しまくって、十三年後には結婚して長男を虐待死させてしまうんですよ。
ビッチ　人のせいにする。あ、そう。
毒婦　「れんたいせきにん」ってかえで先生から教わってきたでしょ。
ビッチ　連帯責任ならさ、どうして私だけが重荷背負わされてるの。毒婦と茶坊主と私の数珠繋ぎのカルマを変えるなんて責任背負える器じゃないって。もっと余力のある魂に頼めばいいじゃん。ここは人あしらいのプロの茶坊主に任せる。
茶坊主　私は茶の湯の企画がありますので。
ビッチ　毒婦は？
毒婦　いまだ黙想中です。
ビッチ　悪いけど見込みないんだよ。私の魂、鬱だもん。鬱の魂に無理させる気？
毒婦　仮病は通用しませんよ。
ビッチ　鬱は気分じゃないんだよ。病気なんだよ。私は死人のほうが向いてると思う。こうし

て死人のままでじっとおとなしくしてるほうが人様に迷惑かけない。用無しの魂として
ふわふわしてるほうがいいに決まってる。

毒婦　楽しようって思ってますね。

茶坊主　千年早い。

毒婦　病は気からって言うでしょ。気分じゃなくて病気だっていうなら、気分を整えることからはじめましょう。まずは挨拶。あなた戻ってきて挨拶のひとつもしてないじゃない。

ビッチ　ただいま。

毒婦　おかえり。

茶坊主　やればできるじゃないですか！　笑顔は陽気に振りまきまくってください。大切なのは人をそらさないこと。笑顔は人をそらしません。どんどん安売りしちゃいましょう。愛想は減るもんじゃありませんしね。気分はあとからついてきます。

毒婦　挨拶は最高のアリバイでもあるのよ。相手の爪を剝いで逆さ吊りにして現場を去る途中であっても、人とすれ違ったら挨拶だけはきちんとね。挨拶をしないと真っ先に怪しまれる。孤児院で毒入りマドレーヌを配ったあとも私は明るく挨拶しながら正面玄関を出たわ。あなた俯《うつむ》いたままだったでしょ。だから死刑になったのよ。

ビッチ　「ただいま」ってさ、本来の居場所に戻ってくるって意味だよね。「おかえり」って言

ってくれたからには、ここが私の本来の居場所ってことで間違いないね。出かけるも出かけないも自由意志。当分居させていただきます。

茶坊主　雑談しかけてこないでください。

毒婦　居場所や役割は誰にとっても永遠のものではないのよ。私たちは生々流転を繰り返しながらその時々の居場所でその時々の役割を果たそうとしながら精一杯生きてゆくしかないの。どんなに狭い庭でも、石だらけで水も吸わない乾いた土壌でも、知恵を働かせてど根性で耕せば根づく草は必ずあるわ。

茶坊主　これなんの話？

ビッチ　修道院の中庭にこっそり作った毒草園のこと？

毒婦　あれはハーブ園です。人聞き悪い。

ビッチ　ジャガイモの新芽も一生懸命育ててたよね。

毒婦　炊き出し当番してましたので。

ビッチ　当番じゃない日もグツグツコトコトしてたじゃん。ジャガイモは一番身近な毒草だもんね。

毒婦　それはそれは可愛らしい白い花を咲かせます。

ビッチ　誰殺すつもりだったの？　聖ヨハネ？

茶坊主　環境を整えなければならないのは茶会も同じです。茶会の準備は心をこめて道具を揃えることから始めます。

ビッチ　茶器の不正売買に命かけてたもんね。

茶坊主　テーマに沿って室内に一つの世界を作りあげ、ただ一杯の茶をいとおしみながら、一口の永遠をそこに見出すのです。

ビッチ　都合が悪くなるとすぐそうやって茶の湯のなかに閉じこもるんだから。

毒婦　どうしてそんなにやる気がないんですか。

ビッチ　どうして強力タッグ組んでるの？　なにこれ天界リンチ？　一対一で勝負しようよ。

毒婦　自分の意思で二対一に見ているのよ。

ビッチ　人のせいにする。あ、そう。

茶坊主　私たちは同じ魂なんです。私は毒饅頭を食べさせられたあとに何度か生まれ変わって、毒婦になりました。

毒婦　私はそのあと、さらに何度も巡り巡って、また茶坊主と同じ試練を受ける生を課されています。

ビッチ　茶坊主が毒婦に変身。やられる側からやる側へ。そのあたりにこのグループを抜け出すために退治すべき魔物が棲んでる気がするけど、そこまで私たちを知りたくない。

茶坊主　どうしてそんなにやる気がないんですか！

ビッチ　やられて苦しんでやり返す。やったからやられて、やられたから苦しんで、苦しいからやり返す。やって、やられて、苦しむ。苦しいからやって、やったからやられて、やられたから苦しむ……って断ち切れないじゃん。いまから目瞑るよ。目を瞑ります。目を瞑って十まで数えるからね。十まで数えて目を開けたら、その魂の核分裂ちゃんとどうにかしといてよ。

ビッチ、目を瞑って十まで数える。

暗転。

6

この世。

ビッチ（以下、「ビッチ2」）、再び生まれ変わる。

小学校の教室。

教師の「けいこ2」と児童四人（以下、「りょうすけ2」「まみ2」「かえで2」「ゆうた2」）がいる。

けいこ2　「嘘はつかないこと」。どんなに悪いことをしても、たとえそれが取り返しのつかないような恐ろしいことでも、正直に打ち明けてください。正直に話してくれた子は自宅待機にしませんからね。

ビッチ2　また義務教育のやり直しですか。

けいこ2　朝礼で校長先生からもお話がありました通り、残念なお知らせがあります。マナブくんが死にました。

まみ2　うっそ⁉

けいこ2　体育館の倉庫の奥で、マットの下敷きになっていたそうです。

りょうすけ2　クラブでは元気に跳び箱を跳んでたのに。

けいこ2　一緒に片付けをしたんですね。

りょうすけ2　いつも通り、二人一組でマットの両端を持って片付けました。マナブくんとペアで運んだのはぼくだったから間違いありません。

ゆうた2　マナブか。あいつ庶民なだけあってライン引きの粉の匂いにはまってたよな。

かえで2　そうそう。触ると先生に怒られるから、倉庫にこっそり残ってること前にもあったよ。

ビッチ2　詳しいね。

まみ2　うちの体育館、右上の窓の鍵が壊れてるんだよね。

ゆうた2　右上の窓か。ちょうど外に桜の木があるな。

まみ2　そうそう。木登りできれば誰でも簡単に入れちゃう。下校したふりして倉庫に忍び込んだんじゃないかな。

ビッチ2　すごく詳しいね。

ゆうた2　なるほど。こっそり戻ったのか。あいつはチェロのレッスンもないだろうし。それで粉まみれになって遊んでたところに、マットが崩れ落ちてきたってわけ。
かえで2　十二枚も崩れ落ちてきたらいくらなんでも潰されちゃうよ。マナブくん、いつも給食残してたし。
ビッチ2　かえでちゃん、どうして十二枚だって知ってるの？
けいこ2　りょうすけくんが最後にマナブくんを見たのはいつでしたか？
りょうすけ2　一緒にマットを片付けた時です。
ビッチ2　つまり？
りょうすけ2　そのあと、体育館を出るところは見ていません。
ビッチ2　つまり？
りょうすけ2　クラブが終わってからマナブくんがそのまま家に帰ったかどうかはわかりません。
ビッチ2　つまり？

りょうすけ2、泣き出す。

けいこ2　このなかに、マナブくんをマットの下敷きにした人がいます。正直に名乗り出てください。正直に名乗り出てくれれば先生は怒りません。自宅待機にしてそのまま少年院送りにしたりしません。

沈黙。

けいこ2　十まで数えます。十、九、八、七、六、五、四、三、二、一。先生とても悲しいです。

チャイムが鳴る。

けいこ2　下校時刻です。このままだと全員帰れません。
りょうすけ2　隠し撮りの恨みだと思う。
まみ2　りょうすけくんなに言ってるの？　頭おかしいんじゃない？　だーれも体育館の裏で煙草吸ってるところをマナブくんに隠し撮りなんかされてないよ。
りょうすけ2　まみちゃん脅されてなかった？

けいこ2　掲示板に投稿写真が載せられていました。暗くて顔は確認できませんでしたが、確かに誰かが体育館の裏で煙草を吸っている写真でした。
ビッチの声　あーまたこんな世の中に生まれてきちゃったよ。終わりにしたい。
けいこ2　やった人は手を挙げてください。正直に名乗り出てくれれば先生は怒りません。自宅待機にして、少年院送りにして、匿名で顔写真をマスコミにばら撒いて、家族全員が路頭に迷わなければならなくなるようにしたりしません。十まで数えます。十、九、三、二、一。先生とても悲しいです。昨日の嘘は今日の嘘。今日の嘘は明日の嘘。この不正直はいったいどこまで連なってゆくのでしょう。
ゆうた2　マナブの兄貴が画像処理の仕事してるってさ。
りょうすけ2　データさえあれば暗い写真でも誰が写ってるのか確かめてくれるって。
ゆうた2　任せとけ。内金は済ませておいたさ。
けいこ2　真実は必ず明るみにでます。「過失致死」。殺すつもりはなかったのに結果的に相手が死んでしまった。殺意がなければ罪は軽くなります。新しい言葉ですね。覚えましょう。さんはい、
全員　「かしつちし」。
けいこ2　隠し撮りした写真を掲示板に投稿すると脅されて倉庫に呼び出したのであれば、マ

ナブくんのご両親に謝って欲しい。先生が望むのはそれだけなのよ。

ビッチの声　そろそろ話、まとめちゃおう。

ビッチ2　はい。

けいこ2　なんですか、ビッチちゃん。

ビッチ2　私がやりました。

りょうすけ2　ビッチなに言ってるの？　やってないよ。

まみ2　やっぱりね。ビッチだと思った。

けいこ2　「嘘はつかないこと」。

ゆうた2　ビッチ、本当にやったのか？

ビッチ2　やりました。

かえで2　やってないよ。

ビッチ2　マナブくんごめんね。死ぬから許して。

ビッチの声　しまった。除草剤がないんだった。

ビッチ2　マット被せて。

けいこ2の携帯、鳴る。

けいこ2　（出る）はい。五時に予約しています。（……）男性三人、女性三人。あとで増えるかもしれません。（……）男性が一人四五〇〇円で女性が一人二五〇〇円ですね。（……）延長ですか？　面子《めんつ》を見てからですかねぇ。（……）大丈夫です。北口でしたよね。はーい。

ビッチ2　跳び箱で潰して。

けいこ2、電話を切って去る。
ビッチ2を除いた児童らも続いて去る。

7

ビッチ2の家。

ビッチ2の母（以下、「ビッチママ」）とビッチ2の父（以下、「ビッチパパ」）が居間で動物番組を見ている。

ビッチパパ　なるほどねぇ。蟻と同じ匂いをだして、仲間だと錯覚させるんだねぇ。珍しい蝶もいたもんだ。

ビッチママ　孵化《ふか》したての幼虫はアブラムシの蜜で成長するのよ。クロオオアリの巣に入るのは三歳になってから。

ビッチ2　クロオオアリが巣まで口で運んでくれるんだね。

ビッチママ　自分で歩けって話よね。

ビッチパパ　餌もクロオオアリが口移しでくれるのか。いいご身分だな。

ビッチ2　クロシジミのほかにも蟻の巣で暮らす蝶はいるんでしょ？
ビッチママ　ここまで図々しいのはクロシジミだけよ。
ビッチ2　育ててもらう代わりにクロシジミもクロオアリに蜜をあげてるんだって。ギブ・アンド・テイクじゃない？
ビッチママ　そこまでして育てる価値があったのかどうか。

ビッチママ、テレビを消す。

ビッチ2　この部屋なんか寒くない？
ビッチパパ　冬の寒い時期は巣でぬくぬくと過ごして、春になったら逃げるように出てゆく。
ビッチママ　「人のフンドシで相撲を取る」ってやつね。
ビッチ2　仕方ないみたいだよ。羽化すると蟻の匂いがだせなくなるから蟻に攻撃される危険性があるんだって。
ビッチママ　大人になると騙しが効かなくなるのよね。虫の世界も。
ビッチパパ　アリの匂いを纏《まと》い、アリを騙す。それがクロシジミの手口だ。
ビッチ2　虫の世界でも生きるのは大変なんだね。

ビッチママ　生きてればいいってもんじゃないのよ。生き方ってのがあるんだから。
ビッチ2　アリさんすみませんでした。
ビッチパパ　人様を騙してまで生きたいやつがあるか。
ビッチ2　絶滅危惧種なんだってね。
ビッチママ　さっさと絶滅しないかしら。
ビッチパパ　天罰だな。
ビッチ2　私、どうして死のうとしたのかな。
ビッチママ　自宅待機になったわよ。
ビッチ2　学校行けないってこと?
ビッチパパ　いまから主任が来る。

チャイム鳴る。

ビッチパパ　来た来た。
ビッチ2　展開早いな。

主任、来る。

ビッチママ　すみませんね。明日も朝早いのに。

主任　安心した。顔色はいいね。こうした事故は起こしてしまった児童のほうにも深い心の傷を残すんです。自宅待機になったから好きなだけゆっくりすればいいよ。

ビッチ2　まずい。明日の体育、組体操じゃん。私、左の土台なんだよ。私がいないとはじまらないよ。

主任　組体操は見栄えが大事なんだ。最後のポーズが表向き決まっていればそれでいい。土台なんて省けるものなら省くにこしたことはないんだよ。人の土台に頼らなければ上に立てない人間はどんどん競争に負けてゆく。手間隙《てまひま》かけて社会の落ちこぼれを育てるつもりはないね。なんの心配もいらない。きみは家でゆっくり一人きりの組体操をしていればいい。

ビッチパパ　先生が学年主任に就かれてから、私立受験が増えたらしいですね。塾通いしなくても学校の授業だけで対応できるようにカリキュラム編成を見直したとか。

主任　偏差値を上げるのはどうってことないですよ。力を入れているのはその先。子供らしい子供はアニメのなかでしか生きられない世の中です。求められているのは、社会の厳しさを受け止めたうえでポジティブに生き抜く強さ、協調性、適応力。身になる教育が必要とされているんです。

ビッチパパ　身になる教育か。楽しそうだな。

主任　（ビッチに）「にんいどうこう」。意味、わかる？

ビッチ2　わかりません。

主任　まだ難しかったかな。いつかお巡りさんに連れて行かれそうになったら「これは任意同行ですか、それとも強制ですか？」って必ず訊くんだよ。大違いなんだ。それだけは覚えておこう。

ビッチ2　はい。

ビッチパパ　来年は副校長になるんだって？

主任　正式決定したわけではありませんけど。

ビッチママ　大抜擢じゃない。

主任　暴力を振るわれて無理やり連れて行かれちゃった場合は「当番弁護士を呼んでくださ い」って署についたら直ぐに言うんだよ。それまでは一言も口をきいちゃダメだ。

ビッチママ　校長への道まっしぐらね。

主任　どうしても口をきかなければならない場合は「最高責任者をだしてください」って言う

んだよ。誰とでも話をしていいはずがない。大人になったら自宅待機程度じゃ済まされないからね。

ビッチ2　はい。

主任　次。売れないし貸し出しもできない親の実家をどうするか。実はこれ、自分も悩んでるんだけどね。

ビッチ2　さてどうする。

主任　どうにもならないね。世の中どうにもならないこともたくさんある。それも覚えておこう。詳しくは担当の家庭教師に教えてもらうといいよ。

家庭教師、来る。

ビッチパパ　さてと。アリはもう寝る時間かな。

ビッチママ　そうね。明日の餌の準備もありますしね。

ビッチパパ　お湯沸かしなさい。

ビッチパパ、ビッチママ、主任、去る。

ビッチ2　こんにちは。よろしくお願いします。
家庭教師　こんにちは？　よろしくお願いします？
ビッチ2　はい。
家庭教師　簡単に頭を下げるんじゃないよ。頼めば人は動くと思う？　笑顔を振りまけば変わる世の中なら誰も苦労しないんだから。
ビッチ2　先生、私の家庭教師でしょ。問題児指導センターから来たんじゃないの？
家庭教師　表向きはね。
ビッチ2　違うんだ。
家庭教師　ペナルティーで来ただけ。
ビッチ2　ペナルティーって罰ゲームみたいなやつ？
家庭教師　捕まってから駅前の掃除と河原のゴミ拾いとか色々させられたけど、まだあと二週間残ってるんだ。断っておくけど、勉強はなにも教えられない。高校中退してるから。一時間のうち、三十分適当に喋ってあとは眠らせてもらうんで、よろしく。よろしくってこういうとき使うの。わかる？　頼むんじゃなくて宣言する。
ビッチ2　どうして捕まったの？

家庭教師　これでも「道の人」って呼ばれてたんだ。人をそらさないのが持ち味だから。広場にテント張って座り込んだまではよかったけど、だんだん混んできたのがいけなかった。最初は一人だったのがあっという間に足の踏み場もなくなっちゃってさ。みんなが道に出てきてよかったとは思ってるよ。輪になってどうにもならないことを夜通し延々と話した。そこからなにかが始まるんだろうけど、膝つめて話ができるのはせいぜい三人までだね。あんまり混むとうるさくて合法的に眠れなくなっちゃう。

ビッチ2　どうにもならないことはどうしたらいいの？

家庭教師　寝逃げに限るね。子供が羨ましい。体力があるからいくらでも寝れるでしょ。大人になると、自力で寝れなくなってくるんだよねぇ。眠りの森に辿り着くには白くて丸い妖精さんが必要になってくる。

ビッチ2　白くて丸い妖精さん。

家庭教師　アゲハが羽ばたくと散る粉みたいな白い妖精さん。まだ早い。いまから頼ると道に出られなくなる。そろそろ寝るね。フライ・アウェイ。

家庭教師、薬を飲む。
うつらうつらしはじめる。

ビッチ2　先生？　先生？　死んでる？

ビッチ、家庭教師の薬瓶を拝借。
錠剤を一気飲みする。

暗転。

8

死後の世界。

ビッチ、毒婦、茶坊主がいる。

ビッチ　そんなわけで、またまた戻って参りました。口封じのために友人をマットで圧死させた児童を、合コンに間に合いたいがために先生が見逃してしまうような世の中です。もともと鬱の性質があった人間には耐えきれません。あの学年主任もいっちゃってたし。……ってあんな劣悪な環境でカルマを変えられるわけないじゃん。最高責任者をだしてください。

毒婦　何度自殺したって振り出しに戻るだけよ。

ビッチ　ほかにどうすればよかったっていうの？

茶坊主　座り込みの方法を教えてもらえばよかったんじゃないですか。

ビッチ　あのコカイン中毒の家庭教師と仲良くすればよかったってか？　白目むいて死線を彷徨《さまよ》ってたよ。

毒婦　確かに型崩れしてたけど、草だってさじ加減で毒にも薬にもなるものでしょ。権力を奪うために使われる毒も、権力を維持するために使われる薬も、もとは同じ草なんだから。

茶坊主　これなんの話？

毒婦　人生は闇鍋みたいなものです。味わい方を工夫するしかありません。

ビッチ　座り込んでも景色は変わらないよ。

茶坊主　大きく考え過ぎでです。変えるのではなくて捉える。どんな一日でも必ず陽が暮れて夜になって新しい朝が来ます。目には見えない風と光の営みは空気を捉え、低気圧と高気圧を編み込みながら季節を巡らせているのです。人もまた与えられた場所を捉え、人と人の心を編み込み心を通わせてゆく。すると自分はなにひとつ変わらなくても、その変わらない不動の姿を今度は周囲が捉えて事態は好転するものです。

毒婦　ガンジーの不服従運動がいい例ね。

茶坊主　除草剤を飲んだりマットの下敷きになるなんて派手なアクションよりよっぽど人をそらしません。

ビッチ　ガンジーだしちゃう。あ、そう。

茶坊主　断食はしなくていいんですよ。
ビッチ　なんでこんな目に遭わされてるんだろう。
茶坊主　へたり込んでどうするんですか。
ビッチ　今日からここに座り込みします。
茶坊主　その心は？
ビッチ　誰がなんと言おうともう二度と生まれ変わりません。この主義主張は曲げませんのでよろしく。
茶坊主　主義主張になってませんね。
毒婦　駄々をこねても無駄だと思うわ。
ビッチ　当番弁護士を呼んでください。
毒婦　苦行にしなければいいんじゃない。たくさん食べてたくさん笑って楽しみながら身を任せる。それでいいんじゃないかしら。お茶でも飲みましょうよ。

毒婦、二人にお茶を出す。

ビッチ　なにか入れた？

茶坊主　遠慮します。
毒婦　お馬鹿さん。死人がこれ以上死ねるはずがないでしょう。
茶坊主　それもそうだね。
ビッチ　どっちでもいいや。
茶坊主　（飲む）結構なお汲み出しで美味しいお湯をいただきました……渋い。渋いねこれ。
毒婦　苦かったかしら。
茶坊主　苦いとは茶の湯に失礼であろう。苦くはない。西洋の玉露《ぎょくろ》って渋さだよ。
毒婦　ドクニンジンによる毒殺処刑はエリートだけに許された特権だったってご存じ？
ビッチ　これドクニンジンなの？
毒婦　一度飲ませてみたかったのよ。
ビッチ　やった！　サンクス。
毒婦　お味はいかが？
茶坊主　なんの恨みですか。
毒婦　お馬鹿さん。これ以上死ねるはずがないって言ったでしょう。これ何度目ですか。（自分も飲む）独特ね。

茶坊主、額に手を当てる。

ビッチ　なにしてるの？

毒婦　「おまえを許す」。弾丸を受けて死ぬ間際にガンジーが暗殺者に放った最期の言葉ね。

ビッチ　坊主とは名ばかり。茶坊主に憎はいませぬって言ってなかった？

茶坊主　これからどうなるんだ？

毒婦　足から痺《しび》れてくるはずよ。次に腕とお腹。最後は呼吸筋がやられて窒息死するの。歩きましょうか。毒を体に巡らせないとね。

毒婦とビッチ、歩き出す。

ビッチ　本当だ。足が重たくなってきた。ついでにラジオ体操とかしなくていいかな？

茶坊主　姫様！

ビッチ　茶坊主も歩きなよ。飲んじゃったもんは仕方ないじゃん。一人だけ取り残されるよ。

茶坊主、渋々歩き出す。

毒婦とビッチ、カウントをとる。
茶坊主、へたり込む。

毒婦　手も痺れてきたわ。なるほどねぇ。本当にだんだん上がってくるのねぇ。

茶坊主　呼吸筋がやられるまであとどのくらいでしょうか？

毒婦　グビッといってましたわよね。

ビッチ　グビッといっておられました。

毒婦　三分もたないでしょうね。

ビッチ　……ちょっと待って。これ以上死にようがないってことは、死人が飲んだら逆効果ってことにはならない？

毒婦　逆効果？

茶坊主　毒消しみたいな？

ビッチ　……まさか、生き返ったりしないよね？　あ。

茶坊主　笑顔を陽気に振りまきまくってきてくださいね。

ビッチ　ずるい。陰謀だ。まだ来たばっかりなのに。

毒婦　挨拶だけはきちんとね。

ビッチ　負けない。絶対に負けない。「ただいま」。ただいま！　ただいま！

毒婦と茶坊主　いってらっしゃ〜い！

暗転。

9

この世。

ビッチ、再び生まれ変わる。

小学校の校庭の片隅にある花壇。

雑草五本（以下、「草1〜5」）と、同じく雑草に生まれ変わったビッチ（以下、「ビッチ3」）がいる。

草1 こんなに陽射しを浴びたの久しぶり。いまのうち上向いておかなきゃ。

草2 明日は恵みの雨が降るらしいよ。成長するにはもってこいだね。

草3 屋根が邪魔してたでしょ？　とっぱらってもらえて助かった。

草4 雨の吸収よくなったと思わない？　前はもっと乾燥してたのに。

草2 言われてみれば土軟《やわ》らかくなったかも。

草5　耕してくれてるみたいだよ。ここ特別区じゃない？
草1　「花壇」ってやつ？
草4　至れりつくせりだね。誰にも踏まれなくなったし。急にどうしたんだろう。
草2　もしかしてぼくたち花でも咲かせるのかな。
ビッチ3　きいたことないよ。
草5　子供が両親にまったく似ないで隔世遺伝するってよくあるでしょ。突然変異じゃない？
ビッチ3　代々汚い保護色じゃん。
草1　品種改良されたのかも。
ビッチ3　上手くいかなかったら摘まれるってこと。
草3　大丈夫。花を咲かせるだけがえらいってわけじゃないよ。地道に根づくことが大切なんだから。
草4　役に立つ草は見栄えがよくないこともあるんだ。表向きが綺麗だからって評価される世の中じゃないよ。良薬口に苦しって言うだろ。
ビッチ3　薬草のふりしてどうすんの。
草5　やっとわかってもらえたのね。これからは私たちの時代よ。
草2　先走るのはまだ早い。これ、なんだと思う？　こんな枝分かれいままでなかったよね。

ビッチ3　ストレスじゃない？
草3　右側の環境に恵まれてなかったからね。
草2　大きな石が埋まってて、水も通らないんだ。まわりこむようにはしてるんだけど、無理な体勢だと地面から上にも影響でちゃうのかな。
草1　私も左の三本目が石にぶつかってる。そのせいでやっぱり変なところで枝分かれしてるの。
草4　代わってやりたいけど、根づいちゃってるから。ごめんね。
草1　右よりの根っこまだ伸びそう？
草4　方向転換しようか？
草1　お願い。たまに邪魔なんだ。
ビッチ3　土の下も混んできたね。
草2　屋根があった時は陽を浴びるために左に傾いちゃってたからね。
草5　これからは全員で陽射しも雨も真上から堪能できるんだから、少しづつ調整しよう。
草3　よかったらこっちに根っこ伸ばして。私、真ん中で比較的安定してるから水も分けられると思う。これからは雨にも頼れるし。
草4　花壇にしてもらえるなんて想定外だったよ。地道に真面目に生きてれば事態は好転するんだ。

ビッチ3　残念なお知らせがあります。ここ、チューリップのために作った花壇だそうです。

草3　ビッチなに言ってるの？　頭おかしいんじゃない？

ビッチ3　石だと思ってる固い塊、それチューリップめの球根です。

草1　うっそ⁉

草2　ぼくたち引っこ抜かれちゃうってこと？

ビッチ3　時間の問題でしょうね。

草5　嫌だ嫌だ。強制退場なんて絶対に嫌だ。私は普通に咲いて普通に枯れたい。

草4　踏んばろう。芽が出るまでまだ時間はある。いまのうちに根っこを張り巡らせて、踏んばってやろうじゃないの。

ビッチ3　駄々こねても無駄だと思うわ。

草3　たとえ引っこ抜かれる運命だとしても、あがいてやらなきゃ。私たちは人に踏みしだかれて引っこ抜かれるために生まれてきたんじゃないんだから。

草1　踏んばるために生まれてきたとも思わない。私は少しの間でも楽しみたい。やっと陽射しを浴びられるようになったんだもん。

草2　チューリップってチューリップに生まれれば自動的に可愛いんだよね。なんかずるい。

草5　私たちはどうしてそうならなかったのかな。次はチューリップに生まれようっと。
草4　残念だけどチューリップには生まれ変われないよ。ぼくたちが根っこを絡め合って種を飛ばして、みんなみんなで花壇で暮らして、老後は教室の花びんで優雅に過ごしてある朝コンと逝くころには、チューリップは広い世界を見ずに色褪せてる可能性大なんだ。いっそのこと、このまま雑草でいよう。
ビッチ3　こんな保護色で飾ってもらえるはずないじゃん。
草3　あれ、なんかしっとりしてきたよ。
草5　雨が降り出したのかな。
草3　違う。なんか苦しい。痺れる。
草2　除草剤！
草4　根を閉ざせ！　ぎゅっと握って！　水は必ず下に沈む。通り過ぎるまでの辛抱だ。
草3　左の三本、感覚がなくなってきた。もうダメ。力が入らない。
草1　諦めちゃダメだよ。ぎゅっと握って。
草2　だいぶ下に沈んできたよ。もうちょっとでやり過ごせる。
草3　私が吸い上げればみんなは助かるよね。
草5　そんな風に考えちゃダメ。

草3　いいの。ここは私に任せて。いままで真ん中でいい思いしてきたから。

草2　毒を分散させよう。

草4　そうだよ。みんなで一本づつ犠牲にすれば誰も枯れなくて済むはずだ。

草1　根っこの一本や二本、また生やせばいいもんね。

草3　みんな……

ビッチ3　ちょっと待った。

草3　ビッチ？

ビッチ3　ここは私にお任せください。私、吸い上げます。

草5　なにしてるの⁉

ビッチ3　渋い。渋いねこれ。西洋の玉露って渋さだわ。

ビッチ3以外　ビッチー‼

ビッチ3、枯れる。

暗転。

10

あの世。

ビッチと少年（以下、「収穫係」）がいる。

ビッチ　そんなわけで、またまた戻って参りました。ただいま。
収穫係　あなた草になってまで！
ビッチ　あれ、茶坊主は？　どうしちゃったのその格好。
収穫係　私のことを覚えてませんか？
ビッチ　一から十までさっぱり覚えてません。
収穫係　仲良しだったんですよ、私たち。陽光溢れるナポリの農園で一緒にトマトの収穫をしたじゃありませんか。トマトが食卓に赤い革命を起こす前の話です。あなたは隣農家の一人娘で私とは幼馴染でした。悪ガキのサミーにいつもいじめられていましたね。親同士が商売敵で、飼い犬を殺されてしまったこともありましたっけ。
ビッチ　一言も信じない。
収穫係　因みにここでこの会話をするのはこれで百回目なんですよ。
ビッチ　だからなに？
収穫係　キリ番を踏みに来ました。旱魃《かんばつ》とネズミ被害で収穫が得られなかった年、ぼくたちは最後の望みをトマトに託しました。トマトが悪魔の果実と恐れられ、庭の眺めに添えるだけのものだった時代です。市場に出荷しても当然、誰にも見向きされませんでした。そこでぼくらは一番熟した果実をかじってみせたんです。とたんに人だかりができて、一つ残らず売れたじゃありませんか。
ビッチ　覚えてないよ。
収穫係　ネズミにやられたジャガイモしか残ってなかった農家に初日の売り上げで買ったソーセージをお裾分けしにいったでしょう。サミーもずいぶん喜んでたね。足に血マメができるまで一軒一軒、陽が暮れるまで二人でまわりました。懐かしいな。
ビッチ　あんたけっこうイイやつみたいだけど、私もけっこうイイやつだった気がする。その生はどうやって終わったの？
収穫係　落とし穴に落ちたんです。

ビッチ　サミーが井戸の側に掘った落とし穴？
収穫係　ぼくが落ちると思ってなかったんだね。
ビッチ　そのために掘ったんだと思うけど。
収穫係　いつもと変わらぬ帰り道、人生の足元に大きく口をあけたその奈落にぼくは荷台ごと姿を消しました。

少女（以下、「孤児」）来る。

孤児　三日三晩の捜索の甲斐もなく、発見されることはなかったのよね。
収穫係　地味に働きつましく生きて静かに死んでいけたらいいと思ってたけど、実際の死は早朝の靄《もや》が晴れた瞬間に予告もなく訪れました。
孤児　私が人生の落とし穴に落ちたのは、花冷えの小雨が降る肌寒い午後のことでした。
ビッチ　タイム。同時進行はやめてくんない？　疲れる。
孤児　私のことを覚えてませんか？
ビッチ　キリ番ならもう踏まれちゃったよ。
孤児　仲良しだったんですよ、私たち。孤児院の大部屋でベッドが隣同士だったでしょう？

十二歳まで引き取り手がなくて、私たち二人は最後に残ってしまったの。あなたはともかく、私はそばかすだらけで鼻も低かったからでしょね。

ビッチ　誰にも挨拶しなかったからだと思うよ。俯いて鏡文字ばっかり書いてたじゃん。

孤児　鼻を洗濯バサミでつまんでくれたでしょ。それで私にも春が訪れたの。腕っぷしの強さを買われて牧場主さんにもらわれたの。シスターたちにお別れをして馬車に乗り込んだ時、このまま世界が止まってしまえばいいと思ったわ。どこまでも続く桜並木を馬がパカパカ蹄《ひづめ》を鳴らして、これから始まる新しい人生を祝福してくれてるようだった。

ビッチ　次の瞬間、雷に打たれて死ぬまでは。

収穫係　自分が死んだことはここに来て初めて知ったんだ。仕方がないとは思ってる。ただ、足を滑らせた原因はなんだったのか。踏み出す前にどうして足元を確認しなかったのか。どうしての連続がひたすらぼくを苦しめるんだ。

孤児　それは私も同じです。ピカッと光ったあとの記憶がないんです。私、本当に雷に打たれて死んじゃったの？

収穫係　墓標にそう書いてありました。

孤児　素敵。私、お墓を立ててもらえたのね。

ビッチ　喜ぶところ？

孤児　避けられない死をどう受け入れるかは人生のなかで一番の課題なの。たとえ死ぬようなことになっても、死ぬ瞬間までに与えられた命に感謝することができれば、その人こそ本当に幸福で神様に祝福された人だと思うわ。

ビッチ　人それぞれだね。

孤児　カナダの郊外って素敵よね。野花がたくさん咲いてて空気も綺麗。あんなところに眠らせてもらえる孤児はそうそういない。

ビッチ　私たちたぶん気があわないと思う。深入りせずにお別れしましょう。

孤児　お願いがあるの。

ビッチ　なに。

収穫係　ぼくたちを忘れないで欲しい。

ビッチ　自分ではどうしようもないよ。覚えてるのはこっちにいる間だけだもん。

孤児　向こうで必ずまた会うわ。その時に思い出してくれればそれでいいの。

収穫係　それがぼくたちの「どうして」の連続を断ち切るきっかけになる。

孤児　人生には「どうして」が訪れる瞬間が必ず来ます。身に覚えのない人生の落とし穴に落ちたら、空を見上げて。忘却の彼方に葬られて存在を放射できずにいる私たちが闇夜の暗さを生んでいるから。

ビッチ　人生の落とし穴か。うろちょろしてただけなのに毒饅頭を食べさせられちゃったとか？

収穫係　一言も信じない。

ビッチ　生まれ変わって毒入りマドレーヌ持参で孤児院に仕返しに行っちゃったとかも？

孤児　覚えてません。

ビッチ　本当に連帯責任なのかな。答えは自分のなかにあると思うよ。

孤児と収穫係　ビッチ。

ビッチ　苦しいからやって、やったからやられて、やられたから苦しむ……成仏したくて出てきたんでしょ。

孤児　ビッチなに言ってるの？　頭おかしいんじゃない？　死んじゃったのは確かに残念だったけど、私は神様に祝福されてるんだから。

ビッチ　苦しいって言いなよ。

収穫係　百歩譲ってあの落とし穴はぼくを落とすためにサミーがせっせこせっせこ掘ったものだったとしても、ぼくは誓って誰のことも恨まないよ。

ビッチ　誓った途端に散るようなことを真顔で言うのやめなって。

孤児と収穫係　ビッチ。

ビッチ　いまから目瞑るよ。目を瞑ります。目を瞑って十まで数えるからね。十まで数えて目を開けたら、ちゃんと毒婦と茶坊主に戻って悪態ついてよ。

ビッチ、目を瞑って十まで数える。

暗転。

11

この世。

クロオオアリの巣穴のなか。

クロオオアリの雄（以下、「蟻パパ」）、クロオオアリの雌（以下、「蟻ママ」）とクロシジミに生まれ変わったビッチ（以下、「ビッチ４」）が食事をしている。

蟻パパ　時が経つのはあっという間だなぁ。

蟻ママ　春になるまで栄養つけないとね。バッタのジュースもっと飲む？

ビッチ4　もういいって。食料庫にあった蛾《が》の幼虫も食べちゃったじゃん。この調子じゃ春までもたなくなっちゃう。

蟻パパ　心配ないよ。また探してくればいいんだから。

ビッチ4　私、一日中巣穴で寝てばかりで役立たずだね。昆虫界の穀潰しってやつ。

蟻パパ　生きてるだけで立派だよ。別に役に立たなくたっていいんだ。存在することが大事なんだから。
蟻ママ　寝て育つのが子供の仕事じゃない。それにもうすぐ達也さんが狩りから帰ってくるわ。

達也（以下、「蟻カレ」）、来る。

蟻カレ　ただいま。
ビッチ4　展開早いな。
蟻ママ　ごめんなさいね。明日も朝早いのに。これから獲物の解体でしょ。
蟻パパ　冬の雑木林って日中は十度を下まわるのが当たり前なんだって？　温かいものが飲めなくて大変だったね。
蟻カレ　アリ同士で列をなして凌《しの》ぐしかありません。冬の雑木林六度目のクロヤマアリさんは、目の前で倒れた弟さんの体液を飲んでいました。
蟻パパ　巣穴に無事に戻るためなら平気で仲間の死骸を食べるって噂だけど本当？
蟻カレ　悪しき集団心理ってやつですね。
蟻パパ　今度は森の入口まで狩りなんだって？

蟻カレ　正式決定したわけではありませんけど。
蟻ママ　大抜擢じゃない。お頭《かしら》街道まっしぐらね。
蟻カレ　はい、お土産。
ビッチ4　カマキリとコオロギ。やった。
蟻ママ　本場の死骸よ。
ビッチ4　贅沢し過ぎてなんか体がムズムズしてきた。
蟻パパ　成長痛か。でかしたぞ！
蟻ママ　羽根が生えてくるんじゃないかしら。
蟻パパ　肉体のアケボノだな。
ビッチ4　みんなは黒くて艶々なのに、私は白くてしわしわだね。もう三歳になるのに、どうして私だけ色も形も違うんだろう。
蟻ママ　なに言ってるの。匂いはみんなと同じじゃない。この匂い、紛れもなく私たちの匂いよ。
蟻カレ　黒光りなんかする必要ないって。
蟻パパ　シンプルにいこう、シンプルに。
蟻ママ　やっぱりこの子は選ばれし者なんだわ。ずっとそう思ってた。

蟻パパ　働き蟻が女王蟻を産むとはねぇ。

蟻ママ　「トンビが鷹を産む」ってやつね。

蟻パパ　いいか。おまえは働き蟻の一生よりも上の生活を目指すんだぞ。春になって雨が上がったら選ばれし者だけが持つその翼で必ず道に出るんだ。

ビッチ4　道……

蟻パパ　もうすぐ暖かい光の帯が視野を掃いて、陰気な冬を葬り去る。それが春。春になると自然が我が身を飾り立てるように色とりどりの花や果実を実らせるんだ。

蟻ママ　それからうっとりと雨が降り出すの。老いゆく緑を悼むようなその雨が上がると、空は一斉に深い宇宙青《うちゅうあお》を散乱させるわ。それが夏。結婚飛行の季節よ。

蟻カレ　雨が上がったら道に出よう。道に出て、世界一のコロニーを作ろう。いい場所を見つけたんだ。道の先をずっと行って雑木林も通り越すと畑がある。あそこならアブラムシもたくさんいるし、トゲアリに浸入されることもない。

ビッチ4　外の世界に出れば、前にも後にも右にも左にも、希望の道が広がってるんだね。黒光りしてない私にだってなんでもできるんだね。これは罠ですか？

蟻パパ　さてと。年寄りはそろそろ寝る時間かな。

蟻ママ　そうね。明日の餌の準備もありますしね。

蟻カレ　今日の獲物は今日のうちに解体しておかないとね。

蟻パパ、蟻ママ、蟻カレ、去る。

アブラムシ、来る。

ビッチ4　アブラムシさん？

アブラムシ　自分が蟻じゃないことくらいわかってるよね。

ビッチ4　なにしに来たの？　危ないよ。

アブラムシ　なにグズグズしてるの。見破られる前に出ていかなきゃ殺されるよ。

ビッチ4　そのことだけど、私女王蟻になるんだって。それで色と形が違うんだって。

アブラムシ　真に受けちゃう。あ、そう。

ビッチ4　だって匂いはみんなと同じだよ。

アブラムシ　その匂いは存在のアリバイ。

ビッチ4　存在のアリバイ？

アブラムシ　三年期限のアリバイ。忘れちゃったの？

ビッチ4　私、みんなのこと騙してたんだ。

アブラムシ　あのさ、善人対悪人じゃないんだからさ、考えてもドツボにはまるだけ。同じ匂いがだせなくなる前に折り合いをつけなきゃ。これからどう生きていきたいの？

ビッチ4　急に言われてもわからないよ。

アブラムシ　大きく考え過ぎ。もっと小さな幸せに目を向けなよ。日々の喜びなんて小さく積み重ねていけばいいじゃん。

ビッチ4　……私、ここから出ていきたい。暗い土のなかから外へ出て、光の帯に視界を掃かれてみたい。花を嗅いで果実をかじって春の陽気を味わってみたい。新緑が老いて夏になったら強い日差しを浴びてみたい。生きるって気持ちがいいことなんだね。

アブラムシ　食料庫から誰か来る。早く行きな。

ビッチ4　いってきます。

アブラムシ　フライ・アウェイ。

ビッチ4、クロオオアリの巣穴をあとにする。

暗転。

12

あの世。

ビッチ、収穫係、孤児がいる。

ビッチ　そんなわけで、またまた戻って参りました。……ただいま。
収穫係　あなた虫になってまで！
ビッチ　記憶の糸を手繰り寄せる。記憶の糸よ、繋がれ。ダメだ。全然思い出せないけど、そんなはずない。死んだ覚えないもん。
孤児　やっと目が覚めましたね。もう五年になります。
ビッチ　私、居眠りしちゃってたんだ。
収穫係　居眠りにしては長かった。薬も飲まずにこんなにグースカ眠れるなんてあっぱれです。
孤児　楽しい夢を見てたでしょう？

ビッチ　寝言でも言った？
孤児　フライ・アウェイ。
収穫係　どんな夢だったんですか？
ビッチ　思い出せない。だけどすごく気持ちよくてお腹もいっぱいで、みんなに愛されてる夢だった。私、特別な存在だったみたい。なのにここにいるってことは、今回も自殺しちゃったんだね。
孤児　自殺はしてませんよ。
ビッチ　やっぱり。けどここに戻って来たってことは、死んだんだよね。
孤児　殺されたんです。
収穫係　やればできるじゃないですか！
ビッチ　どういうこと。
孤児　人生の落とし穴に落ちたんです。
ビッチ　違う。落ちてない。穴から出たの。地面の下の暗い穴から出て、道に出ようとしたの。
孤児　その瞬間に殺されたのよ。
収穫係　やればできるじゃないですか！
ビッチ　どうして。

孤児　人生には「どうして」が訪れる瞬間が必ず来るって言いましたよね。闇夜を見上げていただけたかしら。

ビッチ　地面の下での生活は何不自由なかったけど、春を待たずに出ていかなければならなくなったの。夜明け前、凍てつく冬の夜空は実体のない影絵のようだった。とても怖かったけど、人生には色々な機会があって、その機会を摑めるかどうかは心持ち次第だってアブラムシさんが背中を押してくれた。だから、勇気を出して目の前に広がる道に出てみることにした。

収穫係　そして生き方と死に方が重なるその一本道に羽ばたこうとした瞬間、りょうすけくんとけいこちゃんに潰されたんです。おしまい。

ビッチ　うっそ⁉

孤児　やってもないのにウサギ殺しの罪を被ったからいけないのよ。りょうすけくんとけいこちゃんはあの事件以来、小動物を殺しまくる人生を謳歌してたんだから。

ビッチ　罠だったんだ。やっと幸せな生に恵まれたと思ったら、絶望させるために幸せの罠を仕組まれただけだったんだ。

収穫係　因果応報って言うんです。自分で自分に罠を仕組んだんですよ。

ビッチ　まあいいや。殺されちゃったもんは仕方ないし。りょうすけくんとけいこちゃんだってこれで自分で自分に罠を仕組んだことになるもんね。次に生まれ変わったら殺《や》られる番だよ。ゴキブリにでも生まれ変わるんじゃない？　暗い冷蔵庫の裏から出て、台所の小窓から差し込む闇夜の月明かりに照らされた瞬間、キンチョールを噴きかけられてのた打ちまわってるところを叩き潰されればいい。さてと。早く生まれ変わらなきゃっと。

孤児　ビッチなに言ってんの？　頭おかしいんじゃない？　だーれもやった次はやられる番だからって生まれ変わって立場が逆転する前に死後の世界でモミ手の交渉をしようだなんて思ってないよ。

ビッチ　けいこちゃん？

収穫係　キンチョールって昆虫界のエリートにしか許されない毒殺方法らしいね。ドクニンジンと一緒で、最後には呼吸筋がやられて窒息死するんだって。世界のソクラテスと同じ死に方はゴキブリめにはふさわしくないと思うな。裏口を開けて逃がしてやると見せかけて、実体のない影絵のような夜空の下で野垂れ死にさせるほうがいいんじゃない？

ビッチ　りょうすけくん？

孤児　クロシジミってマニアにしか可愛がられない蝶なんだって。アリを騙して親代わりにしなきゃ成長できないなんて究極の孤児ね。同じ孤児として必死さにシンパシー感じちゃう。

ビッチ　詳しいね。
収穫係　あのまま蟻の巣穴にいたら、蟻を騙していた匂いとやらをだせなくなって、蟻に八つ裂きにされてたところだよ。それを見かねて、りょうすけくんとけいこちゃんが一瞬で潰してくれたんだね。
ビッチ　すごく詳しいね。
孤児　お墓も作ってもらえたのよ。
収穫係　通りかかった木こりのおじさんが桜の木の下に埋めてくれたみたいです。
ビッチ　木こり。
孤児　桜の木の下に埋めてもらえる蝶なんてそうそういない。
収穫係　喜ぶところです。トマトでも食べな。
ビッチ　いらない。
孤児　ごめんなさい。なにも持ってないの。孤児だから。
ビッチ　右のポケットが膨らんでるよ。
孤児　このマドレーヌは食べちゃダメ。
ビッチ　もしかして毒婦が匿名で配ったマドレーヌ？
孤児　忘れないように反省材料として肌身離さず持ってます。

ビッチ　やっぱり毒婦に生まれ変わったんだ。
孤児　覚えてません。
ビッチ　苦行にしなくていいんじゃない。もう十分反省したでしょ。食べてあげる。
孤児　毒入りだよ。
ビッチ　お馬鹿さん。死人がこれ以上死ねるはずがないでしょう。
収穫係　それもそうだね。
孤児　どっちでもいいや。

ビッチ、マドレーヌを食べる。

孤児　……ちょっと待って。これ以上死にようがないってことは、死人が食べたら逆効果ってことにはならない？
ビッチ　逆効果？　毒消しみたいな？
収穫係　……まさか生き返ったりしませんよね？　あ。
ビッチ　やられて苦しんでやり返す。やったからやられて、やられたから苦しんで、苦しいからやり返す。やって、やられて、苦しむ。苦しいからやって、やったからやられて、やられたから苦しむ。答えは自分のなかにあると思うよ。この魂のグループ、いち抜けた。いってきます。

暗転。

13

この世。

オーロラ観光の待機所。卒業旅行に来ている学生仲間（以下、「旅人1〜6」）、夫婦（以下、「旅人7」「旅人8」）、一人旅の女（以下、「旅人9」）がいる。

アナウンス　オーロラ予報です。現在雲が厚く、太陽の活動も活発ではありません。残念ながら、今夜オーロラを鑑賞できる可能性は低いでしょう。フロントにて各種アクティビティーのご紹介をしておりますので、ホテルへお戻りの際には是非ご利用くださいませ。

旅人1　この際せめてアクティビティーを楽しもうよ。

旅人4　まだ見れないって決まったわけじゃないでしょ。オーロラ予報よく外れるって噂じゃん。

旅人2　この三日間は毎日当たったけどね。

旅人1　犬ゾリやらない？　国道の向こうに犬ゾリ用の畜舎があったよ。
旅人5　あの広い一本道、国道だったんだ。
旅人3　行ってみよう。高いツアー料金払って来てるんだから、室内でババ抜きしてても意味ないよ。
旅人6　犬ゾリしてる間に出現するかもしれないしね。
旅人5　マイナス四十度の空気吸えるのだって貴重な経験だと思わなきゃ。外に出て深呼吸でもしてみようか。
旅人2　そんなことしたら肺が凍るよ。
旅人5　うっそ⁉
旅人6　凍ったバナナで釘が打てるってガイドさん言ってたじゃん。
旅人5　試しにいこうか？
旅人4　最後の一日なのにコントみたいなことしたくない。
旅人3　思いきって延泊手続きしちゃう？
旅人2　オープンチケットじゃないもん。
旅人3　なにそれ。頭おかしいんじゃない？　オープンチケットにするの常識じゃん。
旅人2　会社しょっぱなから休めないもん。誰かさんと違って内定いただいてますので。

旅人4　こんなところにまで来てやめようよ。根拠はないけど、今夜は見れるんじゃないかって気がする。
旅人3　どうして？
旅人4　あの夫婦。今日は望み薄だって予報があってからもずっと残ってる。
旅人6　旅慣れた感じがするね。前にもこんなことがあったのかも。
旅人5　（旅人7、8に）ホテルに戻らないんですか？
旅人7　戻ってもすることありませんし。結婚して八年になります。
旅人6　予報が外れるって思ってるんじゃないですか？
旅人8　ここにいても寒いだけだよ。帰りなさい。
旅人3　（仲間に）なにか隠してる！
旅人8　若いな。
旅人7　どっちでもいいんです。見れても見れなくても。
旅人1　そっか。ガイドさんも言ってたもんね。オーロラを見れるのは無欲の勝利だって。私たちも見れたらラッキーくらいに思わないと。
旅人8　ラッキーもなにもないね。何十回も見てるんだから。
旅人2　何十回も？

旅人5　おじさんやる気なさそうに見えて、氷点下四十度にそんなに耐えてきたんですか。
旅人8　その気になればできる。人間その気になればできるんだ。その気になれば。
旅人7　そういうのいりません。
旅人2　おじさんの人生観をオーロラがガラリと変えたんですね。
旅人8　己の身体の心寂しい性質なんてちっぽけに思えてくるよ。あの輝きに覆われるとこっちの心までキラキラしてくる。
旅人7　何時間も舞い続けることもあれば一瞬で消えてしまうこともあるわ。いつ起こるのかもわからない。いまの自分があとどれくらい続くのか予想できないのは、私たちも同じね。
旅人3　こうなったら凍えながら待つしかなさそうですね。
旅人8　寒い思いをしたくなかったらヨーロッパに行くべきだよ。フィンランドならサウナもあって夕方に鑑賞できるよ。
旅人7　食べものも美味しいわよ。キューブカットのサーモンがゴロゴロ入ったスープがお勧め。
旅人3　ほらね。フィンランドにしようって私は言ったんですよ。サンタの街にも行ってみたかったし。

旅人7　一日三人交代のシフト制ですよ。思い描いていたサンタには会えないんじゃないかしら。いっそのこと、このままここで凍えてなさい。

ガイド、来る。

ガイド　オーロラ予報聞きましたか？　今日は絶対見れません。帰りましょう。
旅人2　もう少し待ってみようと思います。
ガイド　凍えるだけですよ。
旅人4　あと一時間だけ粘らせてください。最後の一日ですし。
ガイド　目に見えることがそんなに重要ですか？　肉眼では見えなくてもオーロラは常に私たちの頭上で舞い狂っているんです。この三日間だって光が淡くて目には見えなかっただけの話で、実際には闇夜を見上げるたびに真っ黒なオーロラを見上げてたんですよ。よかったですね。ここまで来た甲斐がありました。さあ、帰りましょう。
旅人2　あと三十分だけ待たせてください。
ガイド　人生どうにもならないこともたくさんあるんです。どうにもならないからこそ、仲間選びが重要になってくる。弊社のサイトにも注意書きがあったでしょう。オーロラを見れなくても楽しく過ごせる仲間と来てくださいねって。どうですか。みなさんは一緒にいて楽しい仲間ですか？

旅人1 もう帰ろう。

旅人5 そうだね。私たち楽しい仲間だもんね。

旅人3 私たちが帰らなきゃガイドさんいつまでも帰れないしね。

ガイド お部屋に温かいドリンクをご用意させていただきます。（旅人7、8に）どうなさいますか？

旅人7 楽しい仲間じゃありませんけど帰ります。

ガイド 人はみな陽炎。

旅人8 今日は見れない。見れないから帰る。シンプルにいこう、シンプルに。

ガイド ありがとさん。

ガイド、旅人9を見る。

旅人9 どうぞおかまいなく。

旅人7 行きましょう。

ガイド、旅人1〜8、去る。
ビッチ5、来る。

ビッチ5　間が悪かったみたいですね。
旅人9　みんな帰ったところですよ。今夜は見込みなし。この先一週間はずっとそうみたい。
ビッチ5　延泊手続きしたほうがよさそうですね。
旅人9　一週間も余計に休めないでしょう？
ビッチ5　一、二週間帰らなくたって全然平気。繋がりは全部使い果たしてきました。
旅人9　そう。
ビッチ5　雪がパラつき始めています。街に戻る車で国道は渋滞。一度は流れに従って戻ろうかと思ったけど、進む方向を変えてみました。
旅人9　オーロラなんて見れなくてもいい。むしろ見たくないって本当は思ってる。
ビッチ5　思い描いた通りになったら言い訳ができなくなるのが怖いのかも。あなたは？　どこから来たの？

旅人10、旅人11、来る。

旅人10　これから吹雪になるって。

ビッチ5　わざわざ迎えに来てくれたの？

旅人11　どうせ渋滞で進まないもん。数百メートル先まで車が数珠繋ぎになってるよ。（旅人9に）よかったら乗っていきませんか？

旅人9　悪いですね。

旅人10　行こう。今夜は見れないどころか帰れなくなるかもしれない。戻れるうちに戻ったほうがよさそう。

ビッチ5　苦行にしなければいいんじゃない。楽しみながら身を任せる。それでいいんじゃないかな。

旅人11　ここで夜を明かすつもり？

ビッチ5　大丈夫。防寒対策バッチリしてきた。

旅人10　車、わかるよね？

旅人11　歩ける距離で詰まってるから気が変わったら追いかけてきなよ。

旅人9〜11、去る。
ビッチ5、その場に座り込む。

アナウンス　オーロラ予報です。残念ながら今夜オーロラを鑑賞できる可能性は極めて低いでしょう。しかしそこは気まぐれなオーロラのこと。待機所にまだいらっしゃるみなさんにオーロラの女神は微笑むかもしれません。人類初の南極点到達を目指したものの、アムンセンに先を越されたスコット隊は、体力と食料が尽きた死の帰路で、オーロラを見たと言われています。磁気嵐が発生させる神秘的な光の祭典に、死にゆく彼らはなにを思ったでしょうか。オーロラは、地球が地球で宇宙が宇宙である証です。色も形もみな違い、一つとして同じ光はありません。

…………

嵐の前の雲が切れ、オーロラが気まぐれに出現する。

市街地へ戻ろうとしていた旅人たち、国道に座り込んで空を見上げる。
眩《まばゆ》い光が全天を覆い、やがて何事もなかったかのように消える。

（了）

名もない祝福として

■登場人物

雅子
カンナ
ルル
ナオコ
テツ
アテンド1
アテンド2
佳恵
ランディ
橋田
庭師
美和

山奥にあるハウスウェディング施設の待合室。

この待合室からは、敷地内の庭園を見渡すことができる。壁はなく、ガーデンテラスのような開放感がある。

白を基調とした部屋の装飾は明るくも無機質。庭園に咲く花々の色彩のみが生命力を放っている。

男女四人（以下、「カンナ」「ルル」「ナオコ」「テツ」）が談笑している。パーティーに出席するような出で立ちだが、テツ以外はなぜか手錠をはめている。

カンナ　これって罪になるのかな。

ルル　カンナさんがそんなこと言わないでよ。

ナオコ　これでやっと自由になれるんです。

テツ　ぼくはまだ不安だな。追って来ないとは限らない。

ルル　大丈夫。もうこんなに遠くまで来たんだもん。
ナオコ　まさかメール見られてませんよね？
テツ　履歴全部消去してきた。
カンナ　出かける時はなんて言ってきた？
ルル　いつも通り「いってきます」。
ナオコ　「ちょっと出かけてくる」ですね。
テツ　うちは昼間は誰もいないから。
ルル　いない時間狙ってわざわざ帰ったの？
テツ　自分の部屋を見ておきたくて。
ナオコ　最後に話したのはいつでしたか？
テツ　先月リンゴを送ってくれた時。
カンナ　あれそうだったんだ。折角のふるさと、アップルパイなんかにしちゃってごめんね。
テツ　どうせ一人じゃ食べきれないもん。
ナオコ　ありがちですね。どうせ一人なのを知ってるくせに、一人じゃ食べきれないほど送ってきて、愛情の代役を立てるんです。
ルル　本当は見送って欲しかった？

テツ　……
ナオコ　誰もいないほうが気が楽ですよ。どうせ無関心なんですから。ニートの私がちょっと出かけてくるったって、会社でも学校でもないであろうその「ちょっと」がどこなのかなんてまるでおかまいなしでしたね。今日の今日まで。
ルル　あたしここに来たことあるんだよね。アイツと。
カンナ　そうだったの。
ナオコ　シーズン中は人でいっぱいらしいですからね。
ルル　紅葉の季節だった。もう少し奥にある旅館に二人で泊まったんだ。また来るなんて思わなかった。すごい皮肉。
カンナ　言ってくれれば別の場所にしたのに。
ルル　ご当地キティのキーホルダー買ってくれたの。ずっと捨てられなかったな。だって四百円のキーホルダーだよ？　オンナにはそんなもん買わないでしょ。なにされたってあたしはムスメなんだって、丼被ったおバカなキティが信じていい気にさせてくれた。
テツ　もう一回会っておけばよかったたって思う？
ルル　さあね。
テツ　それくらいがいいんじゃない？　少しくらい心残りがあったほうが冒険らしいじゃん。

ルル　心残りっていうか、許せるようになりたかったっていうか。

カンナ　許せないよ。だから心残りになんかならない。

ルル　死んでくれたらたぶん許せる。それまで私が待ってられないけどね。

ナオコ　もしかして迷ってますか？

テツ　そんなことないです。貯金全部使っちゃったし。

ナオコ　割り勘なのはわかってますよね。

テツ　勿論それはよけてあります。ナオコさんぼくのこと疑ってるんですか？

カンナ　テツは本気だよ。

ナオコ　だったら手錠してくださいよ。

カンナ　全員したら困るでしょ。そのために混ぜたんだから。

ナオコ　まあそうですけど。正直、私は女性だけのグループを探してました。最後に密着しちゃって体を触られたって話も聞きますし。

カンナ　そうやって装う輩《やから》がいるからやりづらくなるんだよね。

ルル　テツは山形から出てきたんだよ。今日は天気が悪くて決行はできないかなってカンナさんと半ば諦めてたんだけど、こうしてちゃんと来てくれた。だからあたしは疑ってなんかないよ。

テツ　ダイヤが乱れたから、待たずに行かれちゃったかなって思ってた。正直、引き返そうかなとも思ったけど、引き返したら振り出しに戻るだけだから。
ナオコ　私は事前に一本早いフライトを予約してました。台風が接近するのはあらかじめわかってましたしね。そのための天気予報でしょう。
カンナ　正直、私たち三人で先に行こうかなとも思ったよ。テツは応募したのに来なかったこともあったもんね。だけどこんな悪天候でも来るなら本気だって思うから、信じて待ってみることにしたの。
ルル　少ないよりは多いほうがいいもんね。多過ぎてもまとまらないけど、そういうのも新しいかなって。
カンナ　それに信頼できる男手は必要だったし。私、失敗したことがあるから。
ナオコ　その時はテントだったんですよね？
カンナ　あとで笑われちゃった。テントもろくに張れないのに成功するはずないだろうって。
ナオコ　私の知り合いは道具のアドバイスまでされたらしいです。
ルル　そういうのって責任問題になるのかな。
ナオコ　「またか」くらいに思われてますね。
テツ　誤解を恐れずに言うと、失敗してもいいって気持ちは否定できない。それでも失敗を前提にはしてないし、成功したらそれで後悔もしないけど。

ルル　明日びっくりするだろうね。ざまあだね。

カンナ　（テツに）ちゃんと設定してくれた？

テツ　五時間後に自動送信されるようにしといた。

ナオコ　もっと間隔あけたほうが安全じゃありませんか？

カンナ　山形だから平気。

テツ　受信後すぐに向かったとしてもプラス三時間はゆうにかかるよ。

ナオコ　駆けつける前に通報されたらどうなります？

テツ　気づくの夜中になると思う。最近プロジェクトリーダーに昇格されて残業続きだって嬉しそうに言ってた。子供も生まれて返信遅くなったし。

カンナ　大丈夫だよナオコ。心配しなくてオッケー。五時間で十分足りるよ。

ナオコ　いよいよですか。なんか緊張してきました。

ルル　あたしこんなに前向きな行動とったの初めてかも。

ナオコ　これまでは前向きでも後向きでもありませんでした。なんとなく気持ちが晴れなくて、前向きでもなく後向きでもなく横向きに一日一日が過ぎていった気がします。一人じゃなくてよかった。

ルル　ほんと。やっと仲間ができて幸せ。
カンナ　呼びかけといてなんだけど、みんなのこと巻き込んじゃってないかな。
ナオコ　それはお互い様です。お互いツールなんですから。
ルル　ユカリちゃんは？
カンナ　母親が面倒みてる。親権認めてもらえなくって。
ルル　あんなに要素があったのに？
カンナ　経済力だとか生活環境だとか、男にはやっぱりかなわないよ。
テツ　ハシモトさんには連絡したの？
カンナ　一昨日新宿で会ったのが最後。募集かけた次の日だった。一年ぶりに向こうから連絡があって。ジャーナリストの勘ってやつ。
ナオコ　気づかれてませんよね？
カンナ　それは平気。身なりが変わったってむしろ喜ばれた。前より明るくなったって。
ナオコ　失礼ですけど、前回失敗したのは情報が漏れたからじゃありませんでしたか？
テツ　偽名で応募してきたんだから仕方ないじゃん。あれはカンナさんのせいじゃないよ。
カンナ　だから今日は待ち合わせを東京駅にしたの。念には念をでパソコンのそばに秩父の地図とか置いてきたし。

ルル　さっすが。
カンナ　だてに失敗してません。
テツ　今回は絶対に見つからないんだね。
ナオコ　淡々と進むとこうなりますね。せっかくここまで来たんです。あとは楽しみましょう。
ルル　賛成。思いきり楽しんじゃおう。
カンナ　そうだね。みんなでなにかしようか。時間になるまでここで待ってても意味ないし。
テツ　時間あとどれくらい？
カンナ　上手くいけば二、三十分。
ルル　ブランデー持ってきたよ。あいつがフランスから取り寄せてチビチビ飲んでた一番高いやつ。
ナオコ　そうこなくっちゃ。
テツ　ブランデー系は苦手なんだけどな。
カンナ　駄目だよ。血行よくしないと。
ルル　ビールだとトイレ行きたくなるしね。ブランデーと言えば？
カンナ　チョコレート！
ルル　（テツに）出してくれる？

ナオコ　ルルさん用意周到過ぎますよ。
カンナ　パーティーみたいでいいじゃん。ブランデーとチョコなんて。
ナオコ　ここ持ち込み可ですか？　第一そんなに荷物持ってたら目立っちゃいます。
カンナ　そうだね。見つからないようにしなきゃね。
ナオコ　人が来る前に隠れましょう。
ルル　中庭に行ってみない？　青い薔薇《ばら》が咲いてたよ。
テツ　青い薔薇？
カンナ　真っ暗になる前に見に行こうか。
ルル　賛成！
テツ　ここって星が綺麗なんだろうな。星空って、空にたくさん穴が開いてて向こうの光が歓迎してくれてるみたいじゃない？
カンナ　そうだね。真っ暗にする前に少しだけ星も見とこうか。
ルル　大賛成！
カンナ　なんかいい夢見られそう。

1

女、（以下、「雅子」）来る。先の男女と同じく着飾っている。どこか落ち着きがない様子。
若い従業員の少女（以下、「アテンド1」）来る。

アテンド1　ご参列のかたですか。
雅子　はい。

雅子、祝儀袋を差し出す。

雅子　本日はおめでとうございます。
アテンド1　ご祝儀はいただきません。
雅子　え？

アテンド1　結構です。
雅子　失礼しました。会費制でしたよね。……おいくらでしたか？
アテンド1　お金はいただかないことになっています。
雅子　……私ったらごめんなさい。慌てて出てきたもんだから、なにがなんだかわかってなくて。けど間に合ってよかった。やっとの思いで着いたんです。……絶対につまらない忘れものしてるな。
アテンド1　迷われるかたは多いですよ。辺鄙《へんぴ》なところですから。
雅子　都心じゃとても考えられない広さですね。それにこの季節にソメイヨシノがまだ咲いてるなんて。
アテンド1　ノースガーデンからお越しになられたんですね。
雅子　愛情を注ぐと長く咲いてくれるとはよく言いますけど、なんか夏じゃないみたい。
アテンド1　イーストガーデンではコスモスも咲いてますよ。
雅子　コスモス？
アテンド1　はい。
雅子　さすがにもう咲いてないでしょ。
アテンド1　表の石垣を道なりに行くと萩のトンネルがあります。その突き当たりがイーストガーデンです。是非お確かめになってみてください。

雅子　職人の手にかかると四季まで近代化されちゃうってことですか。

アテンド1　不思議なことじゃありません。地球は一つの丸い庭園なんです。南半球と北半球では確かに季節が真逆ですけど、飛行機を乗り継げばその瞬間に、冬は春に春は冬に変わります。旅する体さえ持ち合わせていれば、誰でも四季を自由に謳歌できる時代です。

雅子　ここってそんなに広いんですか？

アテンド1　世界にはここに咲いていない花もたくさんあります。世界一大きい花のラフレシアは、花を咲かせるまで二年もかかるのに、三日で枯れてしまうそうです。そんな奇跡の開花に立ちあえたら、なんでも願いが叶う気がしませんか？

雅子　学生さん？

アテンド1　私はずっとここにいるだけで、外の世界を知りません。でも、旅する身分になれたらラフレシアを見に行くつもりです。そしたらきっと、なんでもできるようになって、会いたい人にも会えるんじゃないかって……

　アテンド2、来る。アテンド2もやはり若い少年。

アテンド2　つまらない話にお付き合いいただいてしまってすみません。妹はまだ慣れていないんです。

雅子　ご家族で経営なさってるのね。

アテンド1　学校に行くと友達がたくさんできますか？　映画は「サウンド・オブ・ミュージック」が一番好きです。だって小さな子供も一緒に国境を越えちゃうんですよ。有名なのは「ドレミの歌」だけど私は「エーデルワイス」のほうが好き。一輪の花の小さな命を尊ぶ歌。お姉さんはアルトですか？　私はソプラノ。合唱班に入部したらみんなで全国大会を目指したいなって……

アテンド2、アテンド1に下がるように促す。

アテンド1、去る。

アテンド2　すみません、まったくしょうがないやつで。

雅子　家の手伝いをしてるとたまには違ったこともしたくなりますよ。

アテンド2　あとでぼくからよく言っておきます。

雅子　気にしないでください。そんなことより、早く着き過ぎちゃいましたね。初めて行く場所には慎重になるんです。……絶対につまらない忘れものしてるな。

アテンド2　ご参列のかたには式の準備が整いますまでお待ちいただくことになっています。お天気もいいですし、よろしければ敷地内をご自由にご散策ください。

雅子　少し休んでからにします。お恥ずかしい話、昨夜は飲み過ぎちゃったみたいで。

アテンド2　酔い覚ましにお水をお持ちしましょうか？

雅子　お願いします。

アテンド2、去る。

雅子、鞄の中身を確認する。祝儀袋以外なにも入っていない。

やはり着飾った女（以下、「佳恵」）来る。雅子を知っている様子。

佳恵　雅子さん？

雅子　はい。

佳恵　やっぱり。後姿を見てそうじゃないかと思ったの。忘れもしないわ、その一張羅《いっちょうら》。私の結婚式にもそれ着てきたじゃない。何十年前の話をしてるのかしら。それだけ衝撃的だったってことよ。ハナエモリのオートクチュールをお貸しするって言っても遠慮なさるし。

雅子　佳恵さんですか。お久しぶりです。

佳恵　ダウンタウンにジャズを聴きに行くならまだしも、リッツ・カールトンにそのドレスじゃあまりに場違いでしたもの。いまだから言わせていただくけど、私が片身の狭い思いをしたのよ。

雅子　当時もおっしゃいました。

佳恵　フリーマーケットで柄の合わない食器とかよく集めてらっしゃったわよね。いまはいくらもらってらっしゃるの？　薄汚れたものは風水的にも運気を下げるらしいから、是非お止めになって。どんなにお金がなくても家だけはくつろげる空間にしないと、余計に貧しくなるわ。心は最後の砦なんですから。

雅子　まったくお変わりありませんね。

佳恵　ありがとう。必ず二十代に見られるの。

雅子　そうですね。お肌もお変わりないですね。サロンにはまだ通われてるんですか？

佳恵　最近はホリスティックビューティーにこだわってるのよ。体内浄化すると肌だけじゃなくて心まで豊かになって、似合う色も変わってくるの。雅子さんだってきっとドレスを新調したくなると思うわ。

雅子　これ、あのドレスとは違うドレスなんですけどね。
佳恵　誤解なさらないで。今日にはぴったり。こんな吹きっさらしな会場ですもの。私だってこれでも一番安いドレスを着てきたんだから。やだ、裾がほつれかけてる。バラの棘《とげ》だわ。色も高さもめちゃくちゃだったでしょ。車を降りた途端、伸び放題のバラのアーチに迎えられるような会場じゃ、この結婚の先が思いやられるわね。
雅子　ここまで車で来られたんですね。
佳恵　当たり前でしょ。どこへ行くにもハイヤーよ。
雅子　そうでした。
佳恵　今日は主人の顔に泥を塗らないように代理出席しに来ただけ。新郎が下請会社の社長のご子息だとかなんとかで義理を欠くわけにはいかないっていっても、本人にそんな暇あるわけないじゃない。役得とはいえ役員の妻も楽じゃないわ。挨拶できたらすぐにお暇《いとま》するつもり。
雅子　新郎さんのご関係でいらしたんですか。
佳恵　こんな山奥での式なんて、私の関係ではありえないわ。お国柄ってことなんでしょうね。向こうでは新郎が式の日取りも知らされずに当日拉致されて安酒で潰されるなんて祝い方もあるそうよ。屋根があるだけマシだと思うべきなのかしら。

雅子　これ国際結婚なんですね。
佳恵　最近はこっちでも、海のど真ん中で花火打ち上げたり遊園地のアトラクションから飛び降りておしまいにする方々もいらっしゃるそうね。
雅子　オリジナルウェディングって言うんですよ。
佳恵　形あっての個性じゃない。お金のない人が頭をひねりにひねって人並みの式を挙げられない経済力を慰めてるようにしか思えないわ。
雅子　そうですか？　一生に一度の門出を自分たちらしく演出したいって気持ち、わかる気がします。
佳恵　雅子さん、見なかったの？
雅子　なにをですか？
佳恵　途中にギリシャ館ってありましたでしょ？　大きな声では言えないけど、ハロウィンの仮装パーティーに出席するみたいな格好のドラッグクイーンが木陰に入ってモゾモゾしてたのよ。
雅子　モゾモゾ？
佳恵　今日のお式、そんなのと同じ敷地内なのよ。しかも花嫁は黒いドレス。
雅子　黒いドレス？

佳恵　挙式をカクテルパーティーの延長みたいに軽く捉えてるんだわ。
雅子　ゲストのかたじゃないですか？
佳恵　だって控え室から降りてきたわよ。いくらなんでも非常識だと思いません？　ダウンタウンにジャズを聴きに行くんじゃないんだから。
雅子　その節は大変失礼しました。
佳恵　いやあね。雅子さんのことを言ってるんじゃないわ。縁起が悪いって言ってるの。風水的にも黒は新婚には向かない色なのよ。黒い家具がリビングにあると、子供に恵まれないとまで言われてるんだから。そんな縁起の悪い式に出席したらこっちまで夫婦仲が悪くなりそう。挨拶すませたらすぐにお暇するつもり。
雅子　その下請会社、なんていう会社ですか？
佳恵　知らないわよそんなの。
雅子　社長の御子息はなんておっしゃるかたですか？
佳恵　いちいち覚えてないわ。
雅子　挨拶なさるんですよね。
佳恵　長ったらしいヘンテコな名前。メモしてきたわ。

佳恵、クラッチバッグのなかを探る。なにも入っていない。

佳恵　やだもう。これ違うクラッチじゃない。あの子ちゃんと聞いてたのかしら。いつまで経っても日本語上手くならないし。同じブランドでも素材が全然違うじゃない。若いと安くあがるから助かってたけど、いい加減国に送り返せってことなのかしら。

アテンド2、飲みものを持って来る。

アテンド2　(佳恵に) ご参列のかたですか。

佳恵　ええ。

佳恵、祝儀袋を出そうともしない。

アテンド2　ご祝儀はいただきません。

佳恵　あらそう。公衆電話はどこかしら。

アテンド2　イタリア館のロビーにございます。チャペルが見える方角を目指してまっすぐ行っていただければ、正面玄関前の噴水に突き当たります。

佳恵　（雅子に）行ってくるわ。私は途中で失礼しますけど、雅子さんはせっかくですからお肉たくさん召し上がってお帰りになってね。ごきげんよう。

雅子　さようなら。

佳恵、去る。

雅子　悪く思わないであげてくださいね。彼女には彼女なりの事情があるんです。歳をとってから年下のご主人と国際結婚したまではよかったものの、向こうの若い女性と浮気をされて離婚話もでたって噂。あの調子だから友達もいないし、子供にも恵まれなくて。あるのはお金だけ。同じ立場だったら、私だって鼻持ちならない女になってたかも。

アテンド2　そう思えるなら、もう二度と彼女みたいな人間とは巡りあわないで済みますよ。

雅子　どうして？

アテンド2　ここにも色々なお客様がいらっしゃいます。施設の備品をこっそり持ち帰ってしまわれるかたもいれば、理不尽なクレームで日頃のストレスを発散されるかたもいます。こちらとしては、事情を学ぶしかありません。相手が変わらなくても自分が変われば、何人も同じ客を経験しなくて済みます。その積み重ねで一人前になっていく。それがいつか独立するために必要なここでのぼくの修行です。

雅子　さすがお兄さん。しっかりしてる。

アテンド2　あの人はすぐに戻ってきますよ。あの人には目印のチャペルが見えないと思います。目指すゴールが見える人と見えない人がいるんです。だからすぐに戻ってきますよ。

雅子　つかぬことをお尋ねしますけど……

アテンド1が顔を覗かせる。雅子に向かって「エーデルワイス」を歌い始める。

アテンド2、それを制するために会釈して去る。

雅子、一人になるのを待っていたかのようにゲストブックをめくる。

部屋を物色。テーブルクロスをまくると、大柄な女（以下、「ランディ」）が出てくる。

ランディ　探しもの？

雅子　なにしてるんですか、そんなところで。

ランディ　こうまで広いと落ち着かなくてね。探しもの？

雅子　ずっとそこにいたんですか？

ランディ　体は柔らかいの。失礼しちゃうわよね、あの女。木陰でモゾモゾなんてしてませんってば。落ちてたものを拾ってただけ。ジェンダーなんて超えたところでやってんです。ほら。

ランディ、向日葵《ひまわり》の種が入った袋を出す。

雅子　なんですかこれ。
ランディ　なにって向日葵の種。そのままでもいけるけど、砕いてドレッシングに混ぜるといつもの菜っ葉が劇的に生まれ変わるの。レモングラスとの相性がベストかな。意外と家庭的なんだから。
雅子　向日葵が咲いてたんですか？
ランディ　ハーブ類もたくさんあったよ。ミントとかローズマリーとかたくさんたくさん。あとで摘みにいかない？
雅子　まずいでしょ。
ランディ　今日は新郎さんのご関係？
雅子　いいえ。

ランディ　じゃああなたもナナのお友達。ああいう娘だもん。どうせバカ高い会場費払ってるんだから、摘んどけば感謝されるって。あとで自家製のハーブティー入れてあげればいいじゃない。ハーブは万能だもん。毛並みもよくなるし沈静効果もあるし。

雅子　毛並み？

ランディ　ローズマリーは特にいいってね。徹夜続きだと自律神経も悪くなるから、飲んどけばなんとなく体全体に効くんじゃない。ナナとはどこで知り合ったの？

雅子　小学校の友達です。

ランディ　ふうん。三小だったんだ。保健室の三枝先生、区議になったんだってね。

雅子　そうなんですか。

ランディ　昔っから優しくて正しい人だった。給食の残飯をウサギ小屋に持って行ってくれたり。残飯っていったって食べるのノッロイ子が時間内に食べきれなかったパンとかだもん。普通にもったいないじゃんさ。

雅子　あなたも三小だったの？

ランディ　近所。あのウサギ小屋、表通りに面してたでしょ。よく散歩中の犬が大興奮して歩道から柵のなかを覗いてた。ウサギの匂いに目を爛々《らんらん》とさせてるのを見て「可愛い」なんて飼い主は言うもんだけど、捕まえてどうする気なのかを考えたらどう贔屓《ひいき》目に見ても可愛くなんかないって。犠牲が出る前に毒饅頭拾い食いさせても罰当たらないって思うのはあたしだけ？

雅子 柵を食いちぎる犬はさすがにいないでしょう。

ランディ 門を閉め忘れる管理人と柵の鍵をかけ忘れる生きもの係はいるでしょうに。だいたい鶏と一緒に飼われちゃうなんて悲惨。生態的には問題ないんだろうけど、自分は鳴かないのにあんなうるさいのと四六時中閉じ込められてたら気が休まらないじゃんさ。

雅子 それならウサギだって負けてませんよ。虚勢してないと雄はいつか交尾できる希望を捨てないから一生ストレスになるし。

ランディ 学校のウサギって虚勢されてなかったんだ。

雅子 体が小さくて犬や猫の数十倍も麻酔のリスクが高くなるから。

ランディ あ、そう。そういうこと。生涯ストレスと付き合いながら生活するか、死ぬリスクを負ってでも虚勢してストレスフリーな生活を手に入れるか選べってか。酷。

雅子 どっちが幸せなのかはウサギに訊いてみないとわからないってことですね。

ランディ 経験から言わせてもらうと、決めつけられるのがどん底に不幸。

雅子 こんな話で盛り上がるなんて思いませんでした。私、雅子です。あなたは？

ランディ 源氏名でいい？

雅子　源氏名？
ランディ　本名に納得いってないの。だから、ランディね。
雅子　それって男の名前じゃない？
ランディ　どうして決めつけるの？
雅子　違うの？
ランディ　じゃあ「ブランディー」は？　女でしょ？　そのブランディーから一文字とったら途端に男？
雅子　まあいいや。
ランディ　まあよくねえよ。一文字あるかないかで男なのか女なのかを反射的に理解するなんてまあよくねえだろ。生まれつきあるかないかは自分で決められなくても、とるかとらないかくらい自分で決めるべきだろ。
雅子　これなんの話？
ランディ　（女言葉に戻って）表向きは男だからとか表向きは女だからってな具合に勝手にとったりつけたりされてごらんなさい。心も体も大混乱なんだから。
雅子　ちょっと聞いていい？
ランディ　なに。

雅子　手ぶらで来たの？

ランディ　もともと持ちもの少ないの。物質主義じゃないもんだから。

雅子　ご祝儀はいらないって。

ランディ　ちゃんとお祝いはするつもりよう。そのために拾ってきたんじゃない。

雅子　そうか。

ランディ　あたしって変わってるでしょ。

雅子　個性的っていうんじゃない。

ランディ　優しい。大抵の人はあたしのこと人間じゃないみたいに白い目で見るの。カミングアウトしちゃっていいかな。

雅子　いまさら？

ランディ　じゃなくて今日のこと。ここだけの話、ナナの顔を思い出せないの。あなたもナナのゲストじゃないかってのは単なる山勘。昔っから勘だけはよくってね。足もめちゃめちゃ速かったけども。まあそれはおいといて、花嫁の顔がわからないなんて個性的じゃ済まされないでしょ。ナナが来たらこっそり教えてくれないかな。

雅子　大丈夫。こんなに経ってるんだもん。すぐに顔がわからなくても不自然じゃないし、黒いドレスなんて着ちゃうハイセンスな花嫁、見逃すほうが難しいと思う。

ランディ　黒いドレス？

雅子　さっき知り合いが見かけたみたい。ナナらしいと思わない？

ランディ　確かにミミズから土を出すデモンストレーションしちゃうような女子だったもんね。アバンギャルドっていうかユニバーサルっていうか。あのナナが結婚だなんて信じられない。旦那さんどんな人なんだろう。

雅子　ネパールの人みたい。その知り合いのご主人の会社と関係あるんだって。

噂をすれば影が差す。黒いドレスを着た女が現れている。

ランディ　おめでとう。

女　今日は来てくれてありがとう。

雅子　おめでとう。

ランディ　こんなところで油売ってちゃ駄目じゃない。行って、行って。

女　平気。まだ全然時間あるし。ちょっと独りになりたくて。

雅子　じゃあ、私たちは散歩してきましょうか。

女　いて。ここまで来るのが長かったのに、これであっという間に終わるんだと思うと淋しい。

ランディ　マリッジブルーってやつ。

女　自分で望んだことでも、覚悟するって重たいものよ。気にしないでね。いてもいないもんだと思うから。

ランディ　……さっきの続きだけど、「性自認」って知ってる？「性」を「自」分で「認」識するね。自分を男と思ってるのか女と思ってるのかなんて、見かけが逆だからハイそうですかって合わせられないもんでしょ。

佳恵、戻ってきている。雅子、気づいて、

雅子　なにか別の話ない？

ランディ　トリッキーなのは、性自認がはっきりしてないケースね。同性に恋愛感情を抱いてるのを自分でわかってなかったりするから、まわりが先に気づくんだけど、本人が自覚するまで山あり谷ありでね……

雅子　別の話ない？

ランディ　じゃあ菜っ葉の話いってみようか。さっきの続きだけど、チモシーってぼったくりじゃない？　「高原の朝刈り生チモシー」とかなんとかってもっともらしいネーミングをつければオーガニックっぽく聞えるけども、実態はそこらの干草でしょ。高い。あれで一束三百五十円は高いよ。あとで刈りに行っとく？

雅子　早かったですね。

佳恵　失礼しちゃうわあの給仕。チャペルなんてどこにも見えないじゃない。茨道を散々迷わされてやっと建物が見えたと思ったら一周して戻ってきただけ。（ランディに）あなたギリシャ館に行かれるんじゃないの？

雅子　こちらランディさん。今日の式に参列するそうです。

ランディ　よろしく。

佳恵　早くしないと遅れちゃうわよ。仮装パーティーがあるんでしょ。

ランディ　呼ばれてないもん。

佳恵　中庭で手錠かけあって喜んでたわよ。お仲間でしょ。汚らわしいわ。他所《よそ》でやってくれないかしら。

ランディ　知りません。

佳恵　あなた今日のサプライズ演出？

ランディ　違います。

佳恵　失礼ですけど、ここはゲストの待合室なの。式に呼ばれてないかたは立ち入り禁止。

雅子　ナナの友達です。

佳恵　もうたくさん。(女に) 百歩譲ってどんなドレスを着るかはあなたの自由だとしましょう。それでも誰を呼ぶかはあなた一人の問題じゃないの。相手あってのことですからね。相手のご家族や会社、会社の取引先の方々を辱《はずかし》めるような人選はご法度《はっと》でしょ。

女　呼んでません。

ランディ　え?

佳恵　聞えなかった? あなたはこのお式に呼ばれてないの。

ランディ　じゃあ私、誰に呼ばれたの?

佳恵　誰に呼ばれたのかもわからないの? あっちこっちいじり過ぎて頭のネジもゆるくなっちゃったのかしらね。

雅子　もうやめてください。

ランディ　いいの。わかってる。自分がここにいるべきじゃないって。昔から勘だけはよくってね。足もめちゃくちゃ速かったけども。まあそれはおいといて、家に帰って膝掛けにアイロンかけなくちゃ。ポケットチーフの桜染めもまだやりかけだし。英国ジャコビアン様式はやっぱり落ち着きますわね。走ってきます。

ランディ、去る。

雅子 いくらなんでも言い過ぎじゃありませんか。

佳恵 私は事実を申し上げたまで。茶番はもうたくさん。早く始めてくれないかしら。（女に）あなたこんなところにいちゃ駄目よ。主役が行方不明になったらますます押すじゃない。

女 急いでませんので。

佳恵 人の都合ってもんがあるでしょ。そういうの向こうでは通用しても、今日のところはまだこっちにいるんですからね。呼んどいてそれはないんじゃない。

女 呼んでません。あなたのことも呼んでません。

佳恵 それもそうね。今日は私、あなたの旦那の上司に呼ばれて来ました。主人があなたの旦那の上司の会社の売り上げの八割を占める会社の役員なものでしてね。帰ったらなんて言おうかしら。

女 そんな会社知りません。

佳恵 私、帰らせていただきます。

雅子 いいんですか。

佳恵　帰るわ。

雅子　待ってください。

女　お気をつけて。

佳恵、去る。

雅子　あとで怒られない？

女　私には関係のない人だから。

雅子　旦那さんに言っておいたほうがいいと思うけど。

女　覚えてないでしょう？

雅子　え？

女　本当は私のこと、覚えてないでしょう？　いいんです。私、「ナナ」じゃありませんよ。悪ノリしちゃってごめんなさい。

雅子　じゃあ、あなたもナナの友達？

女　人を待ってるんです。

雅子　……なんだ、そうだったんですか。趣味が悪いですよ。二十年以上経ってるからって顔も思い出せなくて焦っちゃいました。なんだか頭もすっきりしないし。

女　ここ空気が綺麗でしょ。おいしい空気って体をリラックスさせると同時に頭をぼうっとさせるらしいです。温泉に行ってかえって疲れちゃうみたいな現象。森林浴ってかえって疲れるんですよ。

雅子　私の場合、昨日飲み過ぎちゃったからなおさら。しかもピンが刺さっちゃってて……

雅子、セットされた髪を慎重にいじる。

女　奥のほう？

雅子　奥の奥でハリネズミが欠伸《あくび》してるみたい。いつもは美容院を予約するんですけど、突然だったものですから。

女　呼ばれると思ってなかったんですね。

雅子　なんとなく予想できてたらよかったんですけど。

女　呼ばれるなんて思ってもなかったんですね。全然。

雅子　寝耳に水でした。けど仕方ありませんよね。人に祝ってもらうようなことを事前に計画できたら、毎日あちこちにお呼ばれされて、困ってるかも。

女　かえってよかったかもしれませんよ。知らされるのが早過ぎても大変です。完璧な準備を求められてるような気がしてプレッシャーになるでしょう。忘れものはないか、必ず必要なものはなにか、何度も何度も確認しなければならないでしょう。

雅子　完璧に着飾った時に限って、出かけ際、ストッキングをひっかけちゃったりすることありませんか？　見えない箇所ならそのまま出かけちゃいます。結局一日中気になっちゃってご馳走どころじゃなくなっちゃうんですけどね。気づかれっこないのに馬鹿みたい。

女　人の身なりなんてお互い気にしてないものです。成人式で誰が何色の振袖だったのかなんていちいち覚えてないものだし。記憶に残るのはその日の行いだけ。

雅子　過ぎてみれば、記憶に残るのはその日の出来事だけ。

女　本当にそう。

雅子　同級生の披露宴で大失敗したことがあるんです。友人代表のスピーチを頼まれたのはいいけど、禁句を連発。「高校時代の彼女は、新体操部を辞めたあと書道部も辞め、茶道部を辞めたあとに合唱部に落ち着き、音楽の道を邁進し続けています」。「辞める」って三回も言っちゃったんですよ。紆余曲折の末に音楽の才能を開花させたって言いたかったんだけど、あんまりでしょう。

女　わざとじゃないでしょう。

雅子　もちろん！
女　わざとじゃなければ許してもらえる。
雅子　あの日は完璧な夜会巻きにしてたんですよ。「辞める」が強烈過ぎて、誰も覚えてないだろうなぁ。
女　過ぎてみれば、記憶に残るのはその日の行いだけ。
雅子　ずいぶん前に着いたんですね。
女　こんな辺鄙な場所に時間通り着ける人なんてそういませんよ。
雅子　ぴったりに来る神がかり的な人もたまにいますけどね。
女　ずるい。
雅子　え？
女　ずるいだけ。こんな場所に計画通りに来れるなんて、なにかずるをしたに決まってます。神がかってなんかいません。
雅子　あなたって面白い。苦労して上って来た甲斐がありました。私、雅子っていいます。
女　ここまで上って来たんですか？
雅子　はい。
女　どうやって上って来たんですか？

雅子　ずるはしてませんよ。お洒落な会場に限ってこういうところにあるって不思議ですよね。忙《せわ》しない日常から逃れるための都会のオアシスってことなんでしょうね。セントラルパークみたいな。
女　セントラルパーク。
雅子　あれは奇跡の公園。世界中の人たちが何世紀にも渡って押し寄せてくる街のど真ん中に、家賃を発生させない雄大な敷地が守られてるってすごいことだと思いませんか？　公園がなかったらマンションがいくつ建っていくら儲かるんだろうって考えると、あれは奇跡的な公園です。
女　住んでたことがあったんですね。
雅子　玄関のドアを開ければ部屋の四隅を見渡せてしまう部屋に。昔。
女　昔。
雅子　絵を描いてるの。
女　描いてる、いまも。
雅子　そう。
女　そうですか。
雅子　それで留学してたの、学生のころ。十四年ぶりの大雪が降った年でした。何年だったか忘れたけど、大ニュースになりました。

女　今日、お姉さんが見送ってくれたでしょう？

雅子　……勘がいいんですね。驚いた。

女　妹の顔してますよ。血液型はA型で、星座は獅子座。

雅子　当たり。

女　私は出かけた時は誰も家にいませんでした。出かける時、それが最後になってしまったら後悔すると思いませんか？　見送ってもらえるって幸せなことですよ。

雅子　考えたことありませんでした。

女　最後は虫の知らせがするって言います。いつもは強情な旦那さんが笑顔で見送ってくれたとか、ずっと音信不通だった御姑《おしゅうとめ》さんが手料理を持たせてくれたとか、そんな話、よく耳にするでしょう？

雅子　不思議ですよね。

女　大抵、本人だけは寝耳に水なんです。虫の知らせは出かけてしまう人のまわりだけ。

雅子　おかしな日。昨夜のコスモポリタンが相当効いちゃってるな。

男（以下、「橋田」）、来る。ふてぶてしい雰囲気。

橋田　間に合っちゃったかな。

アテンド2、来る。

アテンド2　本日はご来場いただき誠にありがとうございます。

橋田、祝儀袋を出す。

橋田　じゃあこれで。
アテンド2　ご祝儀はいただきません。
橋田　そういうわけにはいかないよ。
アテンド2　結構です。お金はいただかないことになっています。
橋田　とっとけよ。こんなちっぽけな額で恩を着せられるのはごめんだからね。

アテンド2、祝儀袋を受け取る。

橋田　領収書ね。それからワイン。冷えたグラスで。

アテンド2　ただいまお持ちします。

アテンド2、去る。

橋田　俺はとにかく制度を嫌うね。縛られないようにするには一端受け入れることが肝心なんだ。その代わり、それ以上は絶対に干渉させない。それが世渡り上手ってもんだろう？

女　さあ。

橋田　制度と無縁でいられるのはアートだけだよ。だから絵は額縁なんかに収めるべきじゃないんだ。額に当てはめた途端にそれは「絵」という制度になるだろう。ツルカワカキオはやっぱすごいよ。何千万の値がつく絵をそのまま床置きにするからね。あの筆使いは生じゃなきゃ伝わらない。それを本人が一番わかってるんだ。

雅子　色ははみ出してるし線もぶれまくってるけど。

橋田　人間が描いてるんだから当たり前だろう。それも含めて計算されてる。

雅子　そんなご立派な哲学のなす業じゃないわ。下手なだけ。あなたみたいに。

橋田　（あんたの名前）なんてったっけ？

雅子、答えない。

女　あなたも画家なんですか？
橋田　限定はしたくないね。絵も描くし写真も撮る。
雅子　つまりなにもできない男。
橋田　いまはとりあえず独りになれる部屋がほしいね。青山で現代アートの個展をやったこともある。バルーンを人間の臓器に見立てて天井からつるしてみたんだ。軽々浮かんでいるものもあればペンキを塗られて溶けかけてるものもある。期間中に萎《しぼ》んだり割れたりするものも当然でてくる。
女　グロテスクですね。
橋田　どんな生でも死ぬ運命は免れない。生にみなぎっていたいれものとしての身体が、時間を経て壊れたり崩れたりする。
雅子　それはあなたのテーマじゃないと思うけど。
橋田　絶賛されたよ。生への包み隠すことのない愛の表現だって。ジョンやヨーコも言ってるだろう。芸術は愛なんだ。決して大袈裟なんかじゃない。生命への無償の愛こそが世界平和にも繋がる。

雅子　パクスロマーナ！

橋田　なんてったっけ？

雅子　あんたが権力を振りかざして不倫を強要しようとした女です。

橋田　ああそうだった。老けたな。

雅子　鏡見てから言ってください。

橋田　誰のお陰で売れたと思ってるんだ。

雅子　私のお陰です。あんたはそれを自分の手柄にしただけ。

橋田　ディーラーを紹介したのもギャラリーを見つけたのも俺だろう。なにもしなかったみたいに言われたくないね。

雅子　アイディアを生んだのは私です。

橋田　アイディアなんて発表の場がなければ存在しないも同然だ。あなたの絵空事を形にしてやったのは一体誰だ。

雅子　そういうこと。あの三千円もしない間接照明が一万六千円だって嘯《うそぶ》いたのは手間賃ってことでしたか。

橋田　三千円だなんてぼくは一言も言ってない。
雅子　自分で言ったことも覚えてないの。詳細が書かれたメールはちゃんと印刷してあります。
橋田　あれはそんな意味で書いたんじゃない。もういい。なにも言うことないよ。言ったってどうせ伝わらないからね。あなたは昔から人の話を聞かないんだ。そんなだから耳が聞えなくなるんだ。もう連絡しない。メールも送らない。得意の捻じ曲がった解釈をするだけだろうから。
雅子　お気持ちを尊重します。
橋田　領収書を送ればいいのか？
雅子　結構です。もう過ぎたことです。あなたはとっくに過ぎた人。偽造された領収書を送りつけられてそれがどうのこうのってやり取りする気なんてありません。手切れ金だと思ってください。「とっとけよ。こんなちっぽけな額で恩を着せられるのはごめんだからね」です。もう話しかけないで。
橋田　前からなんとも思っちゃいないよ。あなたなんかこっちから願い下げだ。
雅子　こんなところまでなにしに来たんですか。
橋田　打ち合わせだよ。丹羽くんと。
雅子　丹羽さん？　丹羽さんはとっくに辞めたでしょう。結婚式場で打ち合わせだなんて見え透いた嘘つかないで。
橋田　丹羽くんじゃない。野宮くんだ。野宮くんと打ち合わせしに来たんだ。
雅子　横領がバレて干されたじゃない。
橋田　江口だ。今日は江口に呼ばれて来た。……俺はいつだって分刻みで動いてるんだ。どうせ全員と会うんだ。誰に呼ばれてたって同じじゃないか。第一、そんなの確認すればわかることだ。
雅子　もう話しかけないでください。
橋田　迷惑だよ。あなたのせいでぼくは田辺くんたちに嫌われちゃったりするんだろうし。怒られちゃったよ。ぼくがちゃんと仕事をしないからだって。確かにダブルブッキングしたぼくが悪いのだから、なにも言えないのだけどね。それでもなにもしなかったみたいに言わないで欲しい。あなたがなんでも一人でやらないといけなくなったのはわかるけど言葉は大切。プレオープンに来て欲しくないみたいに聞えた。来て欲しくないのなら行かないよ。もういい。なにも言うことないよ。言ったってどうせ伝わらないからね。そんなだから病気になるんだ。もう連絡しない。メールも送らない。あなたは必ず再発するだろうね。その時にぼくはもう見舞いに行かないよ。

橋田、ふらつく。

女　大丈夫ですか？

橋田　気をつけるように言われてるんだ。最近、息が詰まることが多くてね。水を飲ませてもらえないかな。

アテンド2、来る。

アテンド2　大丈夫ですか。

アテンド2、橋田に肩を貸しながら部屋を出る。

雅子　嫌なところを見せちゃいましたね。

女　いまでも許せてないんですね。

雅子　私がまだ予備校生だったころ、指導教授のアトリエに出入りしていた画商の一人でした。子供だったんですね。信頼しきって心をひらいた。それから何年も経ってから、私が弱くて無防備になっていた時、本性をあらわされました。闘病中に私が命を削って描いた絵を自分の作品として発表されたんです。

女　「たゆたうエレノア」。

雅子　結婚式のスピーチで禁句を連発するのとは次元が違う。私の命を陵辱された気持ちになりました。いまでも恨んでいます。たぶんこれからもずっと。私、心が狭いですか。

女　あなたのせいじゃありませんよ。

雅子　体の傷は治っても心の傷は治りません。……彼女、大丈夫かしら。探してきます。

雅子、去る。

離れて覗いていた兄妹、雅子が去ったのを見て、

アテンド1　やってくれると思ってた。

アテンド2　血筋だよ。

アテンド1　綺麗な人。

アテンド2　それに優しい。顔、おかしくない？

アテンド1　顔？

アテンド2　第一印象は大事だぞ。
アテンド1　顔なんて急に変わんないよ。なに気にしてんの。
アテンド2　がっかりされたくないだろ。
アテンド1　喜んでくれるよ。ずっと待ってたんだもん。言っちゃ駄目かな。
アテンド2　まだ駄目だ。びっくりさせるだろう。少し時間をあげないと。
アテンド1　時間がもったいないよ。
アテンド2　もうすぐ気づいてくれるって。
アテンド1　それからどれくらいあるの？
アテンド2　あんまりない。
アテンド1　私たちのことは？
アテンド2　忘れるだろうね。
アテンド1　そんなの嫌だ。
アテンド2　わがまま言うなよ。会えるだけでも奇跡的だろ。
アテンド1　プレオープンの日、覚えてる？
アテンド2　手を振ってくれたっけ。「いつも応援ありがとう」って。
アテンド1　授賞式でも、ワインの香りを届けてくれたね。会場の拍手喝采も。……やっぱり力不足だったのかな。

アテンド2　そんなことない。やれるだけのことはやった。お姉さんは幸せだった。

アテンド1　だけどもっといられたんじゃないかな。

アテンド2　仕方ないよ。運命だもん。

アテンド1　お母さんに怒られるかな。約束したのに。

アテンド2　お母さんは強い人だ。心配ない。しばらく泣いて少し痩せれば元の生活に戻れる。

それにもうすぐ犬が来る。

アテンド1　あの人、犬になるの？

アテンド2　スタッフォードシャーテリア。強くて優しい闘犬。しかも念願のメス。

アテンド1　やった！　お姉さんは？　行き先は決まってるの。

アテンド2　きっといいところへ行くよ。星が綺麗で空気が澄んでて自由な街。

アテンド1　気づいてくれたら歌ってもいいかな。鐘が鳴る前に一緒に歌えば、記憶の微粒子になって連れて行ってもらえる気がするんだ。

アテンド2　お姉さんは優しいからね。向こうで出会えるかもしれないし。

アテンド1　え、本当？　そう言われたの？

アテンド2　こんなにお勤め頑張ってるんだ。

アテンド1　なあんだ。
アテンド2　そういう態度、よくないぞ。
アテンド1　いつまでも順番がまわってこないなんてもう耐えられない。
アテンド2　情けない。おまえはそんな気持ちでお勤めしてたのか。そんな気持ちがバレたらまた流されるぞ。……ごめん。

カンナ、ルル、テツ、ナオコ、戻ってくる。
彼らにはアテンド1、2の姿も女の姿も見えない様子。

アテンド1　あれ？　この人たちも今日だっけ？
アテンド2　知らない。
アテンド1　名前は載ってなかったよね。
アテンド2　追加かな。もう締め切ったはずだけど。
アテンド1　見えてないみたいだね。
アテンド2　なんだ。そういうことか。やれやれ。

アテンド1、2、去る。

カンナ　これって罪になるのかな。

女　罪って言えば罪かもね。

ルル　カンナさんがそんなこと言わないでよ。

ナオコ　これでやっと自由になれるんです。

女　本気で覚悟してるのなら。

テツ　ぼくはまだ不安だな。追って来ないとは限らない。

ルル　大丈夫。もうこんなに遠くまで来たんだもん。

女　ここまで来るのが長かったのに、これであっという間に終るんだと思うと淋しい？

テツ　最近は技術がすごいでしょ。途中まで引き戻されたら嫌だな。途中まで引き戻されるくらいなら、自分から引き返したほうがいいと思う。

ナオコ　やっぱりそうでしたか。やっぱり迷ってるじゃありませんか。私は本気なんです。邪魔しないでください。

テツ　ナオコさんは失敗したことないの？

ナオコ　ないです。

テツ　一度も？

ルル　私はあるよ。恥ずかしながら。ルルを一瓶飲んだけど、いつもより五時間長く眠っただけだった。

テツ　そうか。それでルルさんなんだ。

ナオコ　保護室行きになる典型パターンですね。

ルル　あそこってトイレの水でも危ないからって自分で流させてもらえないんだよ。「すみません。水流してください」って大声で叫ぶの。屈辱だった。

ナオコ　リベンジですね。

ルル　明日びっくりするだろうね。ざまあだね。

カンナ　そういえば車、ちゃんと二日レンタルにしてくれた？　そのほうが日数稼げるって話だったでしょ。

テツ　……忘れてました。

ナオコ　それ困ります。

カンナ　まあいいか。もうすぐだもん。

ルル　順序としては、家宅捜索、地図発見、秩父捜索、偽装に気づくって流れだね。

ナオコ　気づいて到着するころには時すでに遅し。もう我々はいませんね。

テツ　今回は絶対に見つからないんだね。
女　平気。まだ全然時間あるし。
ナオコ　ところで身元確認どうします？
カンナ　私は保険証。
ルル　パスポート。期限切れてるけど関係ないよね？
カンナ　ひとまとめにしとこうか。

テツ以外、カンナに身分証明書を渡す。
免許を渡そうとしないテツを不審に思ったナオコ、テツから免許を取り上げる。

ナオコ　未成年？
カンナ　どうして嘘ついてたの。
テツ　入れてもらえないと思ったから。
カンナ　知りたくなかった。
ルル　もういいじゃん。自分で決めたことなんだしさ。
女　自分で望んだことでも、覚悟するって重たいものよ。

テツ　最後に会った時「消えたい」って言ってみたんだ。アカツカはポカンとしてた。挫折を知らない人間と寝逃げばかりしているぼくとの距離がその一言で一気にひらいた。それでも昔に戻りたくて、訊いてみたんだ。ぼくが本当に消えると思うかどうか。

女　後悔するよ。

テツ　返事は「わからない」って一言だけ。気づくの夜中になると思う。子供が生まれてからは返信も一日置きになったし。

女　絶対につまらない忘れものしてるな。

女、去る。

ナオコ　いよいよですか。なんか緊張してきました。

ルル　あたしこんなに前向きな行動とったの初めてかも。

ナオコ　淡々と進むとこうなりますね。せっかくここまで来たんです。あとは楽しみましょう。

ルル　賛成。思いきり楽しんじゃおう。

テツ　時間あとどれくらい？

カンナ　もうすぐ。もうすぐだよ。

ルル　シャンパンも持ってきたんだ。シャンパンと言えば？
カンナ　バタースコッチ！
ルル　（テツに）出してくれる？
ナオコ　ルルさん用意周到過ぎますよ。
カンナ　パーティーみたいでいいじゃん。シャンパンとバタースコッチなんて。
ナオコ　だからここ持ち込み可ですか？　第一そんなに荷物持ってたら目立っちゃいます。
カンナ　そうだね。見つからないようにしなきゃね。
ナオコ　人が来る前に隠れましょう。
ルル　もう一回中庭に行ってみない？
テツ　青い薔薇なんて初めて見たな。
カンナ　真っ暗になる前にもう一回見に行こうか。
ルル　大賛成！
カンナ　なんかいい夢見られそう。

四人、去る。

雅子、戻ってくる。

雅子　敷地内を歩いてきました。

アテンド2　そうですか。

雅子　つかぬことをお尋ねしますけど、いまは夏ですよね？

アテンド2　どうでしょう。一概には言えませんね。四季がある国とそうでない国がありますから。

雅子　少なくとも日本は夏でしょう。

アテンド2　そうですね。

雅子　今朝来た時には、夏なのにソメイヨシノが満開で驚いたんです。

アテンド2　ノースガーデンからお越しになられたんですね。あそこのソメイヨシノは私たちが担当しているんです。

雅子　言われたとおり行ってみたけど、萩のトンネルをくぐり抜けると元の広場に戻っちゃうんです。何度行っても。今朝通ってきたはずの道もどこにもなくて、白い世界が広がってるだけでした。庭師のかたにも方向を確認してみたんですけど……

アテンド2　話したんですか。

雅子　驚きました。こんな広い敷地をおひとりで手入れなさってるなんて。
アテンド2　それが彼のお勤めですから。
雅子　脱帽です。水やりだけでも丸一日かかりそうなのに、枯れてる花なんて一つもなくって。
アテンド2　ところで頭痛は治りましたか？
雅子　痛みは治まってきた気もするけど、記憶がまったくないんです。
アテンド2　みなさん最初はそうですよ。
雅子　チャペルのなかに入ってみました。
アテンド2　そうですか。
雅子　蛻《もぬけ》の殻でした。親族の控え室も空っぽ。私たちを呼んだはずの人が誰もいない。いるのはゲストの私たちとあなたがた兄妹と庭師さんだけ。……おかしいと思いませんか？
アテンド2　おかしい。
雅子　私、なにも思い出せないんです。どうしてここへ来たのかも、誰に呼ばれて来たのかも。思い出せないのは私だけじゃありません。佳恵さんもランディさんも橋田も同じ。どう考えたっておかしいでしょ。誰もなにも思い出せないなんて。佳恵さんは今日ご主人の代理出席だって言ってたけど、ご主人は確か二年前に亡くなってます。それにあいつは脳溢血で倒れたんだって風の噂で聞きました。差し支えなければ、今日の席次表を見せてくれませんか？

アテンド2、席次表を雅子に渡す。
その席次表にはなにも書かれていない。

雅子　つかぬことをお尋ねします。
アテンド2　なんでしょう。
雅子　私たち、全員死んでますよね？
アテンド2　はい。
雅子　そうですか。……絶対につまらない忘れものしてるな。

2

数時間後。同じ待合室。「呼ばれた」もの全員、自分が死んでしまったことを悟っている。

橋田 あの女、添加物ばっかり食べさせやがって。

雅子 家になんか帰ってなかったくせに。

佳恵 そもそもあなた検査なんかしてなかったんじゃない？　男の人って健康管理に無知なのよね。

橋田 親父もお袋も五十代だったんだ。そういう家系だったから日頃から気をつけてたさ。脳ドッグだって毎年欠かしたことがない。

佳恵 毎年？　それは検査し過ぎってもんよ。そんなに検査してたら次から次へと悪いところが見つかってかえって落ち込むだけじゃない。いっそのこと取り返しがつかなくなるまで知らぬが仏で、限界までわがままに生きたほうがよかったのに。

雅子　この会話最低。

橋田　あのヤブ医者、二ヶ月前に診ておきながらなんの異常にも気づかなかったっていうのか。訴えてやりたいところだが、死んじまったら後の祭りじゃないか。

佳恵　ある日突然だったんでしょう？　そのほうがいいわよ。私は長く患いました。父方の祖母も乳癌だったの。最後の一年は苦しくて苦しくて生きているうちに入らなかったわ。棺《ひつぎ》を覗き込んで「やっと楽になってよかったですね」なんて泣いてる人を見るとよく言うわと思ってたけど、死んでみるものね。このドレス三十代前半にベニスで買ったやつなのよ。死んで当時の体型に戻ったみたい。絶対に生き返りたくないわ。

雅子　私はまだ頭が痛いです。急激な頭痛で倒れてからは記憶がなくて、どうやら死んだらしいのにこの頭痛。……もしかして私、死にたてなのかもしれませんね。まだ頭痛が残ってるってことは、まだ生き返る見込みがあったりして。

ランディ　ないない。

雅子　こんなことしてる場合じゃないわ。手遅れになる前に戻ります。（去ろうとする）

ランディ　無理々々。

佳恵　よしなさい。どの方角に進んでも道がループしてるだけ。今朝ゲートをくぐった時点でこちらからは出られなくなったんじゃないかしら。薔薇のアーチもなくなってたし。（ランディに）あなたはどうやって死んだの？
ランディ 秘密。
佳恵 まあお気の毒。言うに足らないつまらない死に方だったのね。
ランディ ご想像にお任せします。
佳恵 その様子じゃお葬式も出してもらえなかったクチね。そうそう。私のセレモニーはどうなったのかしら。主人はもういないとなると、喪主は誰がやったのかしらね。
ランディ 子供いなかったんでしょう？　合同葬じゃない？
雅子 やめなさいよ。同じ舟に乗った者同士なんだから。
ランディ 呉越同舟。
佳恵 私は菊だけの祭壇なんて絶対に嫌よ。カサブランカにして欲しいわ。遺影は三十代。コートダジュールの風に吹かれてるやつ。あの双子にお金を払えばここからでもモニターできるのかしら？
雅子 そんなこと今更どうでもいいでしょう。
橋田 このさき一体どうなるんだ。
ランディ 行き先が決まるんでしょうね。
橋田 どこへ。

ランディ　それは生前の行いによるんじゃない。
橋田　呼ばれるまでここで待てばいいのか。
佳恵　昨日の方々はどうなさったのかしら。
橋田　あの双子なら知ってるんじゃないか？　呼んでこよう。

橋田、去る。

ランディ　（雅子に）いまのうちにハーブ摘みに行かない？
雅子　あなたよく平気ね。
ランディ　ジタバタしたって仕方ないじゃない。もう死んじゃったんだから。
佳恵　向こうで主人には会えるのかしら。
ランディ　先に死んでるの？
佳恵　二年前に肺癌で。
雅子　きっと会えますよ。こうなったら前向きに考えましょう。
ランディ　先に死んでるからって会えるとは限らないんじゃない？
佳恵　どうして。

ランディ　地獄は個室だって噂です。
雅子　だからやめなさいよ。同じ舟に乗った者同士なんだから。
佳恵　呉越同舟。
ランディ　あたしね。実は結構前からここにいるんだ。
雅子　そうだったの？
ランディ　色々知ってんだから。ここだけの話、呼ばれないコツも知ってる。
佳恵　コツ。
ランディ　そう。
佳恵　どうすればいいの？
ランディ　教えない。
雅子　だからもうやめなさいよ。
佳恵　私たちこれからどうなるのかしら。
ランディ　時間になったら鐘が鳴って、一人ずつチャペルに呼ばれるよ。
佳恵　それから？
ランディ　知らない。戻ってくる人いないもん。
佳恵　脅さないでくださる？

雅子　なんか怖くなってきた。
ランディ　怖がることないよ。話は簡単。呼ばれても行かなきゃいいの。パス。
佳恵　パス。
ランディ　それそれ。
佳恵　子供騙しね。
ランディ　コツが知りたかったんじゃないの？　初めて呼ばれた時、怖くて咄嗟《とっさ》に隠れたの。テーブルの下に。そんで最後の一人が呼ばれるまでずっと隠れてたらやり過ごせちゃった。
雅子　ずっと？
ランディ　体は柔らかいの。困るのは次の日になると記憶がなくなっちゃうことかな。毎日同じことの繰り返し。いつまで経っても時間が進まないっていうか。
佳恵　昨日も明日もなくて、「今日」が永遠に続くってこと？
ランディ　それそれ。
雅子　なにもかも忘れちゃうの？
ランディ　綺麗さっぱり。
佳恵　馬鹿なんじゃない？

ランディ　ま。
雅子　辛そうだね。
ランディ　うん。呼ばれたら潔く行ったほうがいいよ。
佳恵　コソコソ隠れてるくせに説得力ないわよ。
ランディ　あたしはここで遣り残したことがありますので。
佳恵　それは生きてる人の台詞でしょ。あっちでもこっちでもない中途半端なところでめちゃくちゃな発言しないでくださる？

アテンド1、2、来る。

佳恵　ちょうどいいところに来てくれたわ。あなたたちここの方々よね。私たちこれからどうなるのかしら？
アテンド2　時間になったら鐘が鳴って、一人ずつチャペルに呼ばれます。
佳恵　それから？
アテンド2　わかりません。戻ってくるかたはいらっしゃいませんので。
佳恵　パスするって言ったらどうなるかしら？

アテンド2　楽な方法はありませんよ。
アテンド1　（雅子に）はじめまして。
雅子　はじめまして？
アテンド2　こっちの話です。
アテンド1　言っちゃった。
アテンド2　大丈夫ですよ。怖がらないでください。みなさん最初は怖がりますけど、大丈夫ですから。
佳恵　私たち全員死んでるのよ。なにが大丈夫なもんですか。
アテンド2　確かに元に戻ることはできませんが、続けることができます。だから大丈夫。
佳恵　続ける。
アテンド2　はい。元には戻れませんが、新しく出発することができます。そう思うことができれば、チャペルの鐘の音は名もない祝福として響きます。
雅子　名もない祝福として。

橋田、戻ってくる。
アテンド1、雅子に向かって「エーデルワイス」を歌い出す。

以下、歌を聞き流す形で会話が進行。

橋田　駄目だ。どこもかしこも霧がかかって前に進めない。
佳恵　言ったでしょう。
橋田　逃げ出すのは難しそうだ。対処法を考えよう。
佳恵　生まれ変わればいいそうよ。
橋田　生まれ変わるって同じ人間に生まれ変わるのか？
アテンド2　同じなのは魂だけです。どんな人間になるのかは生前の行いで決まります。
橋田　そんなの俺はごめんだね。いま以上の生活が保障されないなら、呑めない条件だな。
雅子　ギャラの交渉じゃないんだから。
橋田　世の中は変わるんだ。ルールだってなんだって。いまのルールがいつ不適用になるかわからないだろ。それどころか時代が変わるかもしれない。そんな保障のない世界に呼ばれるならここでチャンスを待ちたいね。
雅子　制度はお嫌いなんじゃなかったの？
アテンド2　お勤めは辛いですよ。
橋田　お勤め？

アテンド2　ここで待つためには、お勤めしなければいけないことになっています。
橋田　水撒きくらい楽なもんだ。
アテンド2　五百年お勤めしてるかたもいらっしゃいます。
雅子　もしかしてあの人？
ランディ　ハーブもらっちゃった。
雅子　あの人、五百年も待ってるの。
アテンド2　呼ばれていないんです。間違った去り方をしたから。

アテンド1の歌、盛り上がりを見せる。

橋田　静かにしろよ。

アテンド1、歌をやめない。

橋田　あんたたち一体何者なんだ？
アテンド1　一節によると、国境を越えた時、マリアはゲオルクの子を妊娠していたそうです。

まだ身体を持たない魂が、母親の身体に宿って一緒に国境を越えたってことなんです。お母さんとの最初のプロジェクトが国境越えだなんて格好いいと思いませんか？

橋田　なにか訊かれたらちゃんと答えろ。それくらい中学生でもわかるだろ。

アテンド1　……私はずっとここにいるだけで、外の世界を知りません。外の世界を知る前に、お兄ちゃんと一緒に流されちゃったんです。私たちはなにも悪いことをしてないのに、お母さんだって全然悪くないのに、流されちゃったんです。流されちゃったんです……

（泣く）

橋田　流された？

アテンド1、「流された」の言葉に号泣。去る。

アテンド2　（自分も泣きそう）ひどいじゃないか！

アテンド2、アテンド1を追う。

ランディ　ないない。

雅子　私、わかっちゃった。
ランディ　なにを？
雅子　私、まだ酔ってるのよ。これは酔いの世界。眠たくなったり気持ち悪くなることはよくあったけど、新しいな、こういうの。「コスモポリタン・ドランケン・ワールド」。これいい。
橋田　そうか。そういうことか。
ランディ　どういうこと？
橋田　俺は酔っていない。となればこれは夢。夢なんだ。すごいぞ、オカマまでいる。
ランディ　ま。
橋田　ずいぶんと自由な夢だな。座れる椅子もあるし出口だってある。出られるのか？　この夢は出入り自由なのか？　試してみよう。(出口へ向かう) 一歩、二歩、三歩。出口はそこだ。退室。(舞台袖で) 出られた、出られたぞ！　いいぞ、いいぞ。親切な夢だな。オッケー牧場！
雅子　オッケー工場！
ランディ　こら。
雅子　なんか楽しくなってきた。醒めないようにしなきゃ。混ざれー。シェイク、シェイク。

（頭を振る）

ランディ　おいこら。

佳恵　気づかないふりってのもありよね。死んでますけど、死んでません。死んでませんったら死んでません。端から見れば死んでるのかもしれませんけど、私的には死んでませんので、少なくとも私的には死んでません。これいい。

ランディ　だからこら。

橋田、戻ってくる。

橋田　駄目だ。どこもかしこも霧がかかって前に進めない。

佳恵　やっぱり駄目？

橋田　夢だとしても、逃げ出すのは難しそうだ。対処法を考えよう。

佳恵　そうね。なるべくいい行き先になるように考えたほうがよさそうね。鐘が鳴るまで有意義に過ごしましょう。

橋田　糊代《のりしろ》だ。ここは糊代。この世とあの世の糊代をいかに上手く繋げるかによって審判の結果が変わってくるんだ。

佳恵　なるほどね。綺麗に繋ぎとめましょう。
ランディ　もう結果出ちゃってるっての。
橋田　あの鉄管はもとから錆《さ》びてたんだ。使いまわしたのは売り場のやつらだよ。俺は欠陥商品を売りつけられただけだ。事故が起きるなんて予測不能だったんだ。それに田辺くんだって、脳液がこぼれなかったじゃないか。不幸中の幸いだよ。
佳恵　歳なんて一度も訊かれたことなかったのよ。彼が勝手に思い込んだだけのこと。化粧が詐欺《さぎ》だっていうなら世の中は真っ赤な嘘だらけ。かりに本当に二十代後半だったとしても、子宝に恵まれたかどうかはわからないわ。子供は授かりものなんですから。
雅子　この会話最低。
橋田　チャペルでは俗に言う閻魔《えんま》大王が待ってるのか？
佳恵　顔はともかくそれに準ずるおかたでしょうね。
ランディ　なんでもお見通しなんじゃない。
橋田　アプローチ法を間違えないことだ。ファーストインプレッションを大切に。なにが求められているかを読みとってそれに合わせる。それが面接の極意だろう。
ランディ　受かれば天国、落ちれば地獄。
佳恵　脅さないでくださる？

雅子　なんか怖くなってきた。
ランディ　怖がることないよ。話は簡単。練習すればいいのよ。
佳恵　練習？
ランディ　それそれ。
佳恵　閻魔様の役は誰がすればいいのかしら？
ランディ　いい人がいるじゃない。
雅子　もしかしてあの人？

庭師、来る。

庭師　呼ばれちゃいましたね。ヒアアイアム。
ランディ　まだ呼んでないよ。
庭師　レディーズアンドジェントルマン。
ランディ　日本語でどうぞ。
庭師　レディーズアンドジェントルマン、ドッグスアンドラビッツ。
橋田　犬とウサギのみなさん？

ランディ　くそう。

庭師　ハウアー ユー？

佳恵　死んでます。

庭師　ようこそ。

雅子　ようこそ？

橋田　ようこそどこへ？

佳恵　そうそう。それを訊こうと思ってたの。ねえあなた、ここはどこなのかしら？

庭師　ようこそ。ここへ。

ランディ　ないない。

庭師　時間を無駄にはできません。早速練習をはじめましょう。はじめまして。

ランディ　はじめましてぇ？

雅子　閻魔様ですよ。

庭師　挨拶もせずに即審判ですか。

佳恵　それもおかしな話よね。

雅子　自己紹介とかしてくれちゃうわけ？

庭師　してくれちゃうと仮定して損はしないでしょう。いきます。……私は勇敢な青年でした。

己の信念を貫きこの世を去りました。金に目がくらんだ出稼ぎ商人に濡れ衣を着せられたんです。してもいないことをしたとは口が裂けても言えませんでした。それが唯一の命乞いの方法だとしても。身の潔白を証明するために脇腹を一刺し。すごく痛かったんですよ。麻酔なしで手術したことありますか？　ないでしょう。私だけでしょう。

橋田　自分のことか。

庭師　時代背景は脚色ですけどね。私はいうなれば自分で執刀したようなものです。その勇気、その覚悟、その痛み、誰にでもできることではありません。やっぱりすごかったな。もうあんなことはできないな。若かったんだな。若い勇気、若い覚悟、若い痛み……だめだ。だんだん思い出してきた。もう痛くはないんです。痛くはないんですけどね、身体を放棄することで綺麗さっぱりなくなるはずだった苦しみは消えてくれませんでした。それどころか使命を投げ出した罪により、新しく出発することを許されない身となってしまったのです。楽な方法はありませんよ。一輪の小さな花の命を尊び、こうしてみなさんをもてなすことが私のつぐない。土を掘り種を蒔き水をやり、土を掘り種を蒔き水をやる。みなさんのことはなんとお呼びしたらいいですかね？　レディーズアンドジェントルマン、ドッグズアンドラビッツ。

ランディ　くそう。

雅子　早く進めてください。

庭師　はいはい。こういう局面は慎重かつ明るく乗りきらなければなりません。お待ちくださ い。いま、私の頭のなかで一番やり手で朗らかな男を呼び出していますから。みなさん はご存じないでしょうけど、私の頭のなかで一番やり手で朗らかな男が先週から無限地 獄でAEを務めているんです。

橋田　AE？

庭師　アシスタント・エンマ。お腹の膨れた餓鬼に泥水のホットチョコレートを振舞うユーモ ア精神の持ち主です。庭師の私は土掘り種蒔き水やりの日々ですがね。そんな男もいる んです。（考え込む）よし、彼だ。彼でいこう。いいですか、彼で。

ランディ　オッケー農場。

庭師　本日お集まりのみなさん。みなさんは死にました。これからいよいよ恐怖のお裁きです。 生前のあれやこれやが悔やまれますが、時すでに遅し。後の祭りです。この先どんな地 獄絵図が待ち受けていようとも、いっそ明るく受けて立とうではありませんか。リピー ト アフター ミー。「合言葉は棚からぼた餅、大吉、晴れ。私が春だと言ったら春なので す。桜よ、咲け」。さんはい、

全員　合言葉は棚からぼた餅、大吉、晴れ。私が春だと言ったら春なのです。桜よ、咲け。

庭師　どうですか？　うんと楽しい気分になってきたでしょう？
雅子　パクスロマーナ！
佳恵　早く鐘鳴らないかしら。

鐘が鳴る。まだ遠くに聞える。

橋田　鐘だ、鐘が鳴ったぞ！
庭師　あれは生徒会のチャイムです。みなさんはご存じないでしょうけど、私の頭のなかで一番バイタリティーに溢れる男が先週から生徒会長を務めているんです。学級委員長じゃありませんよ、生徒会長です。庭師の私は土掘り種蒔き水やりの日々ですがね。そんな男もいるんです。学級委員長と生徒会長の違いをご存じですか？　学級委員長は黙々と進めればいいんです。賛成か反対か。票を集計して次の議題に移ります。誰でもできるので週替わりです。ところが生徒会長は違うんです。実力と人望を兼ね備えた人物でないと選出されません。立候補しなかったな。立候補してから死ねばよかったかな。もったいないことをした。生徒諸君！
ランディ　立候補しなかったんじゃないの？

庭師　死人諸君！
佳恵　失礼ね。
庭師　みなの衆！
雅子　一気に遡《さかのぼ》らないでください。
庭師　みなさん！
橋田　はじめからそう言え。
佳恵　早く鐘鳴らないかしら。
庭師　いま鳴りましたよ。
佳恵　それはチャイムだって言いたいんでしょう？
庭師　言ってみただけです。あれは鐘です。
ランディ　もうどうでもよくなってきたぴょん。
雅子　ぴょん？
橋田　鐘鳴れよ、鐘！
庭師　幻聴じゃありません。本当に鳴りましたので、行ってください。行って。
橋田　は？
庭師　（橋田に）あなたです。橋田さん、あなたがいま呼ばれました。行ってください。

橋田　ちょっと待て。
庭師　行っちゃって。
橋田　練習するんじゃなかったのか？
庭師　人生は一度きりの本番です。
橋田　失敗することは許されないのか？
庭師　失敗したっていいんです。失敗しない人間なんていません。それをあなたが理解しようとしなかっただけの話です。
橋田　なんの話だ。
庭師　思い通りにならない他人はみな、あなたにとって失敗でした。相手の事情を聞こうともせずに、ずいぶんと人をなじり貶《おとし》めてきましたね。
橋田　だからなんの話だ。
庭師　それで駄目になった人生もあります。一九七二年十一月二日午前二時八分、福井の廃品回収所。
橋田　……
佳恵　あなた、誰？
庭師　一九八四年二月十九日午後四時二十分、成田の第一ターミナル。

雅子　もしかして……

庭師　一九八九年六月九日午前一時三十七分、薄野《すすきの》の路地裏。翌年三月二十五日午後二十一時三十九分、東久留米の貸し倉庫。続けますか。

橋田　もういい。

庭師　あなたは生徒会長を装った学級委員長でした。誰にでもできる週替わりの仕事に劣等感を募らせ、世の中へ立候補しようとする若い才能を自分の手柄に見立てて傍若無人に振る舞いました。そんな票集めが長続きするわけもなく、家族に捨てられ、友にも去られ、最後にはなにもなしえなかった人生にプライドばかりが残ったのです。精神を病んでしまったことは同情に値しますが、病んでいるからといって人を傷つけて許されるわけではありません。さあ、もう行ってください。あなたにはあなたに見合った次の修行が待っています。

橋田　……

佳恵　（橋田に）行ったほうがよさそうよ。

雅子　橋田さん、もう行ってください。

橋田　……領収書を送ればいいのか？

雅子　結構です。メールをください。向こうに着いたら空メールをください。そしたら私、あなたのことを許せます。

橋田　そうか。そういうことか。これは夢。夢なんだ。ずいぶんと自由な夢だな。あなたもいるし、出口だってある。出られるのか？　この夢は出入り自由なのか？　試してみよう。（出口へ向かう）一歩、二歩、三歩。出口はそこだ。退室。（舞台袖で）出られた、出られたぞ！　いいぞ、いいぞ。（再び入室）親切な夢だな。（雅子に）ありがとう。

橋田、去る。

佳恵　毎日こんなに広いところをおひとりで管理されるの大変ですわね。気分転換も必要よ。あなた、テニスなさる？　よろしければ白金の会員権を差し上げるわ。芸能人も大勢来るのよ。

庭師　これまでもそうしてきたのですね。

佳恵　花はたくさん咲かせてらっしゃるけど野菜は栽培なさってませんのね。指先がささくれてますわ。野菜不足じゃないかしら。私、死ぬ前に「有機野菜と季節のフルーツ倶楽部」に申し込んだばかりでしたの。旬のお野菜とフルーツが毎月第一水曜日に届けられますのよ。あの双子に頼んで送り先を変更しておきますわ。宛名は「生徒会長殿」でよろしいかしら。

庭師 残念です。人の心はお金で買えませんよ。

佳恵 心を買うだなんて滅相もない。

庭師 あなたはこれからお金が通用しないところへ行くことになっています。誠心誠意をもって人の役に立つことを学ぶためです。

佳恵 ネパールにだけは行きたくないわ。どうにかならない？

庭師 あなたにそう言われて否定されたご主人のご家族の思いをかえりみることはありませんでしたね。あなたはネパールには行きません。ネパールには行きませんが、ネパール人に生まれ変わります。

佳恵 嫌よ。そんなの絶対に嫌。

庭師 もう決まっていることです。そこでまたご主人に会えるでしょう。ただ、次はご主人とあなたの立場は逆。あなたは美貌で彼に見初《みそ》めらますが、人種の壁と偏見を乗り越えられるかどうかはあなた次第。今生での失敗から学んだことを生かして乗り越えてゆくのですよ。

佳恵 私にはもっとなにかがあるはずよ。私にはもっと別の……

庭師 パスをするのは自由です。ただ、パスをしても行き先が変わってもあなたの修行は変わりません。また別の場所で同じ修行を課せられるでしょう。楽な方法はありませんよ。

雅子　ご主人のところに行ってあげて。

佳恵　……わかりました。なにも変わらないのなら、主人のもとへ行きます。……ひとつだけ。

庭師　なんでしょう。

佳恵　次は子供に恵まれますか？　合同葬は嫌なんです。子供に恵まれなくても、せめて誰かに見送られたい。それも叶わないなら、祭壇には菊じゃなくてカサブランカを、遺影はコートダジュールの風に吹かれた写真をお願いします。

庭師　わかりました。

佳恵　ありがとう。

佳恵、去る。
アテンド2、戻ってくる。

アテンド2　例の四人はどうしますか？

庭師　例の四人？

アテンド2　追加の四人です。

庭師　会いたくないな。呼ばないでくれ。

アテンド2　了解です。

アテンド2、去る。

庭師　それでは、私もそろそろ失礼します。

雅子　私はどうなるんですか？

庭師　鐘が鳴るまでここで待っていてください。

雅子　嫌です。もう行きます。

庭師　あなたを待っていた人がいますので。行く前にきちんと伝えてくださいね。（ランディに）きみも今日はやり過ごさないように。

庭師、去る。

ランディ　いまのうちにハーブ摘みに行かない？

雅子　あなたよく平気ね。

ランディ　ジタバタしたって仕方ないじゃない。もう死んじゃったんだから。
雅子　そうかな。
ランディ　まだ頭痛いの？
雅子　ううん。
ランディ　じゃあもう手遅れだね。
雅子　ちゃんと死なせて。
ランディ　ん？
雅子　もうこりごり。私は新しく出発したくなんかないの。これ以上続けたくない。死んだんだっていうなら無が欲しい。ばっちり殺して。
ランディ　コスモポリタン・ドランケン・ワールド。
雅子　（近くにあった花瓶を差し出し）ちょうどいいわ。これで殴り殺して。
ランディ　な、な、な、
雅子　一撃でお願い。
ランディ　……
雅子　さあっ！

鐘が遠くで鳴る。

ランディ　いい加減にするぴょん！　馬鹿言ってんじゃないぴょん！

雅子　ぴょん？

ランディ　わかりやすいほうがいいかなと思って。まーちゃんは昔っからそうだった。すぐに譲るの。社宅の公園で見つけた四葉のクローバーだって最初に見つけたくせに見つけてないフリなんかするから……大人になってからもそんなことばっかりしてるから……

雅子　ウサコ？　あなたウサコなの？　ランディってもしかしてウサコをくれたあのランディ？

ランディ（以下、「ウサ公」）　オスなんだってちゃんと知ってた？　毛むくじゃらだからって確認怠ったでしょ。「ウサコ」って言われるたびに自分で「ウサ公」って呼び直してた。そのうち自分でもわかんなくなっちゃって。口きけないってそういうこと。

雅子　ごめんね。おじいちゃんの自伝を読んであとで知ったんだ。お向かいさんの犬のことも……。

ウサ公　いいの。もう過ぎたことだもん。それにまーちゃんがあたしのことずっと思っててくれたことはちゃんと知ってる。

雅子　「お宅の犬、昨日ウサギを連れて来ただろう」っておじいちゃんが子供に鎌かけたんだってね。「ぺしゃんこにして持ってきたよ」ってうっかり口をついたあと、慌てて「知らない知らない」だって。命は弁償できないもんね。訊かれたらそう言えって親に言われたんだろうけど、一言も謝罪がないなんて。せめて身体を返して欲しかった。私の手で埋めさせて欲しかった。証拠隠滅のために生ゴミと一緒に出されたんじゃないかって思うと涙がでちゃうよ。いまからでもちゃんとお墓を作ってあげたい。

ウサ公　あたしのお墓はまーちゃんの心のなかだよ。あたしが殺されてから、銀行口座の暗証番号もパソコンのパスワードだってなんだって「ウサ公」にしてくれたもんね。それ以上のお墓がある？　お参りされないお墓よりずっといい眠り場所だよ。ありがとう。

雅子　怖かったでしょう。助けてあげられなくてごめんね。側にいてあげられなくて本当にごめんね。

ウサ公　怖かった。それにすごく痛かった。二度とあんな思いしたくない。

雅子　こっちにおいで。

ウサ公、雅子に膝枕される。

雅子　私、譲らなかったよ。おじいちゃんが死んでから、お向かいさんにピンポンしたの。お向かいさんも世代交代してた。ウサコを殺った犬もとっくにいない。

ウサ公　ウサ公。

雅子　なにも知らない息子夫婦に抗議したところでウサコが戻ってくるわけでもない。

ウサ公　ウサ公。

雅子　それでも私、ウヤムヤになんかできなかった。どうしても譲れなかったんだ。

ウサ公　ありがとう。

雅子　いいこだね。次はうんと長生きするんだよ。

ウサ公　うん、そうする。

雅子　うんと長生きして、私のところにまた来てね。

ウサ公　どうやら犬になるみたい。

雅子　犬？

ウサ公　スタッフォードシャーテリア。強い闘犬。

雅子　仇討ちするの？

ウサ公　（男言葉になって）仇討ちなんかしねぇよ。殺られたから殺ってやろうなんざそこらの駄ウサギの思考だろうが。あんな死に方をするのはわいで最後にするんじゃボケ。

雅子　気高いな。

ウサ公　当ったり前じゃい。この鼻の下の縁取りが目に入らんかい。日本ではもう珍しい種なんじゃい。ウサ公の公は公爵の公。育ちだけじゃねえ。毛並みのよさといい、縁取りのはっきりさ加減といい、ハンサムの類でもあるんじゃい。

雅子　ほんとね。

ウサ公　（女言葉に戻って）スタッフォードシャーテリアとブルドッグの雑種になるのよ。強くて優しい闘犬。しかも念願のメス。

雅子　やった！

ウサ公　ママのところにもらわれるって。まーちゃんに先立たれてママはしょげてるから。これが私の遣り残したこと。もう行くね。

雅子　もう？

ウサ公　家に帰って膝掛けにアイロンかけなくちゃ。ポケットチーフの桜染めもまだやりかけだし。英国ジャコビアン様式はやっぱり落ち着きますわね。走ってきます。四葉のクローバーまた探そうよね。

ウサ公、去る。

鐘が鳴る。まだ遠く聞える。
雅子、立とうとしない。
女、雅子の背後に現れる。

女（以下、「美和」） 覚えてないでしょう？　本当は私のこと、覚えてないでしょう？

雅子 私たちはとても気が合って、心が通じてた。一生に一人でもそんな友だちに出逢えれば幸運だっていうけど、私はあなたのことを、三回生きて一人逢えるかどうかの友だちだと思ってた。けど駄目になった。長い付き合いだったのに、終わる時はあっけなかった。あるとき喧嘩みたいなことになって、それっきり。わざとじゃなくても許せないことってやっぱりあるんだってあの時知った。美和はあれからどうしてた？

美和 ずっと一人。

雅子 そう。

美和 母が死んだ翌年、あとを追うように父も倒れた。兄貴も結婚して離れていったし。

雅子 彼とは一緒にならなかったの？

美和 ドクターを出て四年目。長い付き合いだったけど、終わる時はやっぱりあっけなかった。あるとき喧嘩みたいなことになってそれっきり。なにが原因だったのかさえ思い出せない。それから何度かあった出会いも、みんな通り過ぎてった。

雅子　そう。

美和　私は雅子と違うでしょ。曝《さら》け出すのがとても下手。理論で武装してしまう。羨ましかったのかもしれない。心をこぼせる雅子のことが、羨ましくて憎らしかった。

雅子　お母様のお通夜で泣いてしまったのは、偽善にうつったでしょうね。会ったこともない人間の死に涙するなんてあなたにはありえないことだから。自己陶酔にしか見えなかっただろうけどあの涙は本当。あなたの悲しみの深さが伝染して流れた本ものの涙。決して見せかけなんかじゃなかった。

美和　見せかけだなんて思わなかった。ただそうやってなんでも感じ過ぎてしまう雅子が私の守備の邪魔をした。だってそうでしょう。一つ一つに感想を持ってしまったら、世間という名の沼底へ沈められてしまう。私は余計なことを感じないように生きてきたの。

雅子　なんにでも感想ではなく意見を持つことで、美和は地位を築いていったね。学生運動の先頭に立って、論文を書いて議論して。怒りで身を守るのがあなたの方法。

美和　それでも当てはまらなかった。こちらでは制度という制度に阻《はば》まれて、あちらへ帰れば非国民の子。世の中は凶暴。それを心でまるごと受け止めてしまう雅子はもっと凶暴。あの絵はそんな雅子を象徴するかのようだった。

雅子　「たゆたうエレノア」。

美和　陰気な光を放つ水面に揺らぐあの淡水魚は雅子の分身。揺らぎながらも軽やかな身のこなしで世間をスイスイ渡ってゆく。誰からも愛されながらたゆたう術を知ってるくせに、最後には疲れ果てて自分の身を食べてしまう。漆黒に塗りつぶされたキャンバスのベースをパステルカラーのマーブルでぼかして、雅子は贅沢に傷ついていた。贅沢な傷の水紋を広げて、彼岸に手を差し伸べられている。神がかった筆使いだ、なんて評されてたけど、傷を沈めて向き合わなければそれは近道。ずるい。ずるいよ。

雅子　お母様の突然の訃報であなたは消耗してたね。悲しみを怒りにかえて、私にぶつけたのかもしれない。わかってたけど、あの一言だけはやり過ごせなかった。「釈迦に説法」。私の成功をそう嘲《あざけ》ったでしょう。

美和　雅子は徹底してたね。番号もアドレスも即刻変えた。絶交。日付が変わったデジタルの鮮明度のなか、雅子の不在が点滅した。

雅子　嫌いになったわけじゃないんだ。負いきれなかっただけ。あの一枚の絵で私のキャリアは開花した。闘わざるを得ない場面が日増しに増えて、表現者として雑音が欲しくなかった時期。批評という名の感情吐露を親友から受ける余裕がなかったの。

美和　言葉は一度口にしてしまったら取り返しがつかない。

雅子　返事を出そうと思った年もあったんだよ。
美和　毎年年賀状を送り続けたのは、私の自己満足に思えたでしょうね。
雅子　自己満足だなんて思わなかった。ただそうやってなんでも頭で巻き返そうとする美和が私の世界に溶け込まなかっただけ。だってそうでしょう？　心の傷はアカデミックに塗りつぶせない。向こうのお祖母様には会えた？
美和　父の七回忌の年、最後のつもりでハガキを出したけど、やっぱり返事は来なかった。父が死んでからも孫として認めてくれなかったな。日本人としてしか映らなかった。これだけはわかって。水面にたゆたう贅沢な魚になるために、私は雅子の何倍も闘わなければならなかった。漆黒の闇を突き破らなければ水面には出られない。自分の身を食べてしまうことさえ許されなかった。
雅子　五年目の寅年、お年玉が当たったんだ。ありがとう。
美和　よかった。
雅子　社説、読んだよ。
美和　いつのだろう。
雅子　教授になってた。偉そうなこと書いちゃって。
美和　四十過ぎてから少しは丸くなったつもりだったけどな。

雅子　相変わらずでほっとした。先方から苦情こなかった？

美和　謝るべきだったかな。

雅子　いいんじゃない。近道なんてないんだから。

美和　誰もずるなんかしてない。

雅子　どうして待ってようと思ったの？

美和　ここに来てあの子たちに逢えたから。

雅子　あの子たち？

美和　流されてしまった弟さんと妹さん。身体を脱いでわかったの。風と光の営みが季節を編み込むように、有形無形の命の繋がりが魂を編み込んでゆく。雅子は筆を水で溶かしながら、遠くの命の佇まいと交信してたんだね。あの子たちの声に耳を傾けてたんでしょう。星空って、空にたくさん穴が開いてて向こうの光が歓迎してくれてるみたいじゃない？　何億光年続く命の連鎖に散り散り旅立った魂の残像が微粒子になってこちらに降り注いでる。目には見えないその尊さは、肌で感じるしかないのにね。意見して闘ってみたところで季節は巡らない。心にせせらぐ遠心に目張りをして、私はずいぶん遠まわりした。漆黒の沼底をパステルカラーのマーブルに描いたあの絵をいまは美しいと思う。謝りたくて待ってたんじゃない。逢えてよかった。それだけ伝えておきたくて。また出かける前の時間を、足りなかった言葉でうめながら、私たちはこうして称えあうのでしょうね。名もない祝福として。

雅子 ずいぶん前に着いたんだね。

美和 そっちは寝耳に水だったんだね。

雅子 仕上げてない絵が一枚あるんだ。呼ばれるのわかってたらよかったんだけど。

美和 かえってよかったかもしれないよ。知らされるのが早過ぎても大変だから。完璧な生き様を求められてるような気がしてプレッシャーになるでしょう。忘れものはないか、必ず必要なものはなにか、何度も何度も確認しなければならないでしょう。

雅子 完璧に描けたと思った時に限って、最後に余計な色を足して台無しにしちゃうんだ。

美和 わざとじゃないでしょう。

雅子 もちろん。

美和 記憶に残るのはその日の行いだけ。

雅子 過ぎてみれば、記憶に残るのはその日の出来事だけ。

アテンド1の歌声が聞えてくる。

雅子　いってきます。
美和　いってらっしゃい。

雅子、去る。
テツ、来る。
しばらくしてルルも来る。

ルル　テツ？　こんなところでなにしてたの？
テツ　着信があったんだ。
ルル　誰から？
テツ　わからない。公衆電話だから。
美和　後悔するよ。
ルル　戻ろう。みんな心配してる。
テツ　最近は技術がすごいでしょ。途中まで引き戻されたら嫌だな。途中まで引き戻されるくらいなら、自分から引き返したほうがいいと思う。
ルル　大丈夫だよ。こんなにたくさん焚いたんだもん。

美和　絶対につまらない忘れものしてるな。
テツ　今回は絶対に見つからないんだね。
美和　平気。まだ全然時間あるし。

アテンド1、2、来る。
美和、去る。
ナオコとカンナ、来る。

ナオコ　こんなところにいたんですか。いま肝心な時なんですよ。
カンナ　テツもそろそろ手錠しなきゃね。
テツ　着信があったんだ！
カンナ　誰から？
テツ　アカツカだと思う。
カンナ　もうすぐ、もうすぐだよ。向こうの光が歓迎してくれてる。
ルル　煙で視界が曇ってきたね。もう星空も見えないね。
テツ　目張りなんかしちゃって悪かったかな。

ルル　……なにか聞えない？

カンナ　なに？

テツ　本当だ。砂利の音。誰かがこっちに向かってくる。

ナオコ　だとしてももう手遅れです。助かりません。

ルル　記憶もだんだんぼやけてきたね。このまま灰になるのかな……

カンナ　目を閉じて。楽しかったことだけ考えればいいよ。

テツ、電話をかけようとする。

ナオコ　なにしてるんですか！

テツ　アカツカだと思う。アカツカが気づいてくれたんだと思う。

ルル　なんでだろう。思い出すのは悪いことばっかりなのに、誰かに迎えに来て欲しい。

ナオコ　弱気になってどうするんですか？

カンナ　ユカリ、ごめんね……

ナオコ　カンナさんまでそんなこと言って。ユカリちゃんは大丈夫です。お母さんが責任持ってみてくれますよ。

ルル　思ったより苦しいね。
ナオコ　当たり前じゃないですか。死ぬんですからどんな方法だって苦しいに決まってます。ルル一瓶も飲む勇気があったんでしょう？　それに比べれば一酸化炭素中毒は最初を乗りきればあとは楽勝です。
ルル　そんなこと言ったって、苦しいものは苦しいよ。
ナオコ　保護室に戻りたいんですか？　仲間が一緒なんです。この程度の苦しさ、人生最後にみんなで打ち上げる祝福の花火だと思わないと。

ナオコ、目を閉じる。

ルル　カンナさん？（返事なし）カンナさんがぐったりしてる。カンナさん！　カンナさん！

テツ、ルルの手錠を外す。

テツ　目張り、剝がしてくる。

テツ、去る。

ルル 待って、私も行く！

ルル、追う。

カンナとナオコ、目を閉じたまま。

アテンド1、2、二人の手錠を外す。

ルル、戻ってくる。

ルル （ナオコに）テツが消えちゃった。テツがどこにもいない。勝手にいなくなっちゃった。ナオコさん、目を開けて。ナオコさん、ナオコさん！　こういう時テツを叱れるのはナオコさんだけなんだよ。ナオコさんしかいないいんだよ？

ナオコ、目を開ける。

ナオコ　……だから私は女性だけのグループを探してたんです。男はいざという時にすぐ逃げ出すんです。迷惑なんです。私、これ以上底つき体験なんて増やしたくなかったのに。

ルル　行こう。それテツに直接言ってあげないと。

ナオコ　もう間に合いませんよ。こんなに煙が立ち込めてます。

ルル　大丈夫。まだ灰になんかならないよ。

ナオコ　なんでだろう。思い出すのは悪いことばっかりなのに……

ルル　カンナさん？（返事なし）どうしよう。カンナさんがぐったりしてる。

ナオコ　かつぎましょうか。

ルル　せーのでいくよ。

ルルとナオコ、カンナを肩にかける。
カンナ、おぼつかない足取りながらも歩き出す。

ナオコ　テツ！　どこにいるの？

ルル　待って、私たちも行く！

三人、去る。

アテンド1、2、顔を見合わせる。

（了）

あとがき　――豪雪のニューヨーク

いつも「転校生」だった。新しい街で自分を「余所者」だと感じさせられる場面が多かった。父親の海外赴任でアメリカの現地校に通うことになった小学校低学年の三年間は特に強烈だった。表立った理由もなく不当に扱われたり、差別されることもあった。

私のなにがいけないのだろう。人の個性には身体的な特徴や性別など目に見えるものがある一方、目には見えないものもある。目には見えない私のなにかが他人をこうも刺激している。幼心に傷つきながら、実体のない影絵のようなそのなにかを捉えたい衝動は日に日に増してゆき、気づけば作家になっていた。

二〇二〇年は活動十五周年にあたる。私は相変わらず、幼い自分を悩ませた実体のない影絵のようななにかを捉えようと日々奮闘している。本来ならば十五周年の記念公演も予定していたが、コロナ禍で記念公演どころか予定していた公演がすべて中止になってしまった。

非常事態を経験するのは初めてではない。大人になった私は、文化庁新進芸術家在外派遺制度で同時多発テロ翌年のニューヨークに留学することになった。テロを想定せずに借りたアパートはマンハッタンのど真ん中、42丁目にある小さなスタジオ。最寄りの駅はグランドセントラルというどこへ行くにも最高の立地ではあったが、ひとたび部屋を出ればイラク戦争へのカウントダウンが始まっていた街には異様な緊迫感が漂っていた。日本人としても小柄な私は自衛のためにここでも「余所者」であることを隠す必要に駆られた。出かける時には、行き先の情報を頭のなかに完璧にインプットしてから地図を見ずに歩く。幸いニューヨークの道はダウンタウンの一部エリアを除けば碁盤の目のように整備されているので、歩きまわっているうちにすぐに街と仲良くなれた。密かな楽しみは、時々エンパイアステイトビルディングに上ることだった。地上三八一メートルから街を見下ろし、昼間歩いた道をなぞってみると、人間の存在がなんとちっぽけに思えたことか。

人種のるつぼと言われるニューヨーク。人の数だけ常識があった。自分にとっての「普通」は必ずしも他人にとっての「普通」ではない。身体という乗りものを借りて散々歩いた気になっていても、私たちの魂の旅は私たちの歩行距離などとは比べものにならないくらい長いのだ。人にはそれぞれ起源があり、他人から見れば誰でも「余所者」だ。地理上どこの街からやって来ようが、私だけが「転校生」であるわけではない。身に覚えのない理不尽なことが起こったり、誰かを不意に刺激してしまったりしても、そう思えば気にならない。一人ひとりのバックボーンを捉えることに関心が向くようになってからは、生活は俄然楽しくなっていった。

枠にとらわれないニューヨークでの暮らしは肌に合っていたが、唯一好きになれなかったのは冬の寒さだ。気温はマイナス零度を常に下まわり、バス停でバスを待つ数分のうちに睫毛が凍ってしまう。『名もない祝福として』にもエピソードとして出てくるが、特にその冬は過去十数年で最悪と言われた寒さで、観測史上最大の積雪に見舞われた。ニューヨーク名物のイエローキャブも市内バスも走らない。地下鉄は止まり、街から人が消えた。自宅待機を要請する警報が出され「非常事態」となった。

警報に従いしばらくは部屋でおとなしくしていたが、突然どうしてもセントラルパークに行ってみたくなった。公園は家から歩いて二十分ほど。腰の高さまで積もった雪のなかを一歩一歩向かうとなれば二時間はかかるだろう。いま思えば命知らずな行動だ。街はゴーストタウンと化している。大声をあげても助けは来ないし、走って逃げることもできない。それでもあのときの私は目指さずにはいられなかった。

音のない銀世界を二時間かけて公園の入り口に到着すると、一匹のリスと目があった。こんな悪天候のなか一匹でなにをしているのだろう。そのリスも私と同じ命知らずだったのかもしれない。地面が積雪でいつもより一メートル以上高いとは思っていなかったのか、リスは雪の上に飛び降りそのまま深く埋もれてしまった。

「変えるのではなくて捉える。どんな一日でも必ず陽が暮れて夜になって新しい朝が来ます。目には見えない風と光の営みは空気を捉え、低気圧と高気圧を編み込みながら季節を巡らせているのです。人もまた与えられた場所を捉え、人と人の心を編み込み心を通わせてゆく。すると自分はなにひとつ変わらなくても、その変わらない不動の姿を今度は周囲が捉えて事態は好転するものです」

これは「THE　BITCH」の作中、「茶坊主」が生きることから逃れようとする「ビッチ」を諭す場面の台詞だが、書きながら私の頭のなかにはセントラルパークの雪景色が広がっていた。あのリスは「人生の落とし穴に落ちた」と思っただろうか。木に戻れる程度には雪をかき分けておいたので無事だったとは思うが、あのあとどうしただろう。

オーロラこそ出現しなかったが、あの豪雪の日を境に「THE　BITCH」の物語は動き出した。いまでも、動き続けている。

二〇二〇年八月　　　　　　　　　　宇吹　萌

Rising Tiptoe
作品リスト
2006—2019

2006.3.30 - 4.3　梅ヶ丘BOX

ディア アンジー

第1回本公演　作・演出 宇吹萌

「種も仕掛けもない空中サーカス」のチケットを当てるためにチョコレートを食べ続ける双子の兄妹。薄暗い穴のようなマンションの一室で、二人は二人だけの奇妙な生活を営んでいる。

大晦日の晩、買いもの担当だった妹は、非常階段の窓から花火見物の乗客を乗せた屋形船が屋形船ジャックされるのを目撃する。乗客が次次と海へ突き落されてゆくなか、一人だけ抵抗した老人がいた。

翌晩、その老人が「種も仕掛けもない空中サーカス」のチケットを持って二人の前に現れると、嵐は止む。「チャンスはいましかない」と二人はサーカスの花形としてのデビューを持ちかけられるのだが……。

【Note】この世に生を受けられなかった水子は、命ある私たちをどのように傍観しているのだろうか。水子のような形のないものが、人間として日常を生きる私たちと交信しようとしたとき、彼らの声なき声は私たちに届くのだろうか。届くとすれば、日常の壁はどこで破られるのだろうか。第一作目はそんな妄想から生まれた。冒頭で天井からチョコレートが１５００箱降る演出をつけた。お客様には好評だったが、役者には不評。なにせ稽古開始時は３００箱しかなかったものが、稽古中、週を追うごとに増やされてゆき、遂には１５００箱にまでなっていたのだ。私の舞台美術は数で圧倒することが多いのだが、第一作目からすでにその傾向があった。

2007.1.19 - 21

第2回本公演

マリア、マリア

遊空間がざびぃ

作・演出・デザイン　宇吹萌

夢に破れ仕事も追われ、首吊り自殺しようとしていたある晩、マリアは、寝室にどこからともなく現れたタキシード姿の男に、来世の自分を決めるオーディションを受けるように諭される。現世の自分と前世の自分が来世の自分を巡って競い合うこのオーディションを通して、マリアは前世の自分を現世の自分に活かし、共に生きてゆく決心をする。だが、オーディションの勝者となったマリアは表彰式で、生まれ変わるために死を迫られてしまう。

窮地に追い込まれたマリアを助けにきたのは、いつも見上げる街の看板の中から騒ぎを聞いて駆けつけた「幌馬車隊のみなさん」だった……。

【Note】あとがきにも書いた通り、幼いころ私は転校生であることが多く、常に自分の居場所を探していた。マリアはサーカスの空中ブランコ乗りだったという設定で、地に足をつけず、街から街へと旅を続ける移民だ。

『マリア、マリア』は『オズの魔法使い』を題材にしている。私は『オズの魔法使い』をアメリカを開拓した移民の歴史の物語として読んだ。ドロシーがエメラルドの都へ向かう途中で出会うカカシは農業国家としてのアメリカの本来の豊かさ、ブリキの木こりは開拓されて発達したアメリカの鉄鋼業、ライオンはアメリカの繁栄の象徴であるフォード社（自動車産業）と読めなくもない。『マリア、マリア』は生の真価を探りながら現実を生きるドロシー（マリア）の旅物語である。

2007.4.26 - 29　　遊空間がざびぃ

第3回本公演　　作・演出・デザイン　宇吹萌

Her

都内有数の高級住宅地に念願のマイホームを建てた真野と妻の法子は、犬の散歩中にばったり会ったことがきっかけで交流を再開したばかりの昔の知人、武田夫妻を新居に招待する。まもなく客が到着するかという時、法子は桜満開の裏庭で、一人娘のリンが自殺しているのを発見する……。

【Note】 一人娘が裏庭で首を吊っているのを知っていながら、予定通りお茶会を決行する両親。タイトルの「Her」は死んだ娘のことではあるが、不在者はその彼女だけではない。このお茶会では、どの話題のなかにも必ず不在の「Her」が影を落としている。アクティングエリアの天井に桜の造花と空の鳥かごを吊った以外は、写実的な舞台美術にした。その代わりディテールにこだわり、出来るだけリアルに真野家の居間を表現した。

私の作品のなかでは台詞も詩的過ぎず、美術は具象でも抽象でも成立する作品なので、上演しやすいのではないかと思う。この作品で初めて実験的に取り入れた造語シーンは、第5回本公演『おしゃべり』、第13回公演『悪いのはだあれ？（ねこねこでんわ）』にも活かされている。

2008.4.17 - 20　遊空間がざびぃ

第4回本公演　作・演出・デザイン 宇吹萌

ルチアの首吊り

残酷な童話を書くことで知られる作家の山《やま》・田《だ》は、彼の物語が、特別養護学校の児童七人が集団自殺した事件の引き金になったとして厳しい取調べを受ける。この学級を担任していたのは、彼の双子の妹デンだったのだが、一命を取り留めたことによって容疑をかけられてしまう。牢獄でデンと再会した山・田は、デンが自分の物語を誤読したことによって児童らの死を誘発してしまった事実を知る。

言葉を言葉通りにしか解釈することができない個性を持つデンを守るため、山・田は、自分の作品が死後百年は処分されないことを条件に、デンの身代わりとなって理不尽な死刑判決を受け入れるのだが……。裁判員制度を見据えたダークコメディー。

【Note】白か黒か、有罪か無罪か、といった作品内容を反映させる意図で、どこか一箇所を引っ張ることで全体の柄が変わる仕掛けを施したロープを舞台全面に渦巻かせた美術にした。「アンナタリルチア」。アンナ、ナタリー、リル、ルチアは、名前で繋がっている。

2009.8.12 - 16

小劇場楽園

第5回公演

おしゃべり

作・演出・デザイン　宇吹萌

英会話講師のエリは、カフェやフリースペースで英会話を教えている。エリの生徒の一人の倉持は、とあるマンションの管理人をしている。このマンションでは景観を損ねるゴミの焼却炉（高井戸のゴミ焼却炉がモデル）や騒音などの地域問題について住人のまほろ、ひろみ、小倉さん、鈴木さんが毎週話し合いを行っているが、最近同じ住人の一人である「入江さん」が姿を見せなくなり、マンションに異臭が立ち込めるようになる。通報を受けて、倉持が部屋に上がると入江さんは孤独死していた。

一年後、新しい住人が入江さんの部屋へ引っ越してくる。その住人はエリだった……。

【Note】私は学生時代、行政や企業のイベントに出演する仕事をしていたことがある。なにかのイベントで飯島愛さんともご一緒した。車を降りてすぐに十分ほどの街頭スピーチを求められ、しどろもどろになってしまった私をよそに、飯島さんはその場で求められていることを求められている対象に向けて、的確かつ思いやりのある言葉で話した。その飯島愛さんが孤独死した。なぜ誰にも気づかれなかったのだろう。ショックを受けた私は、現代社会において希薄になりがちな隣人同士のコミュニケーションの在り方を問う作品として『おしゃべり』を書いた。

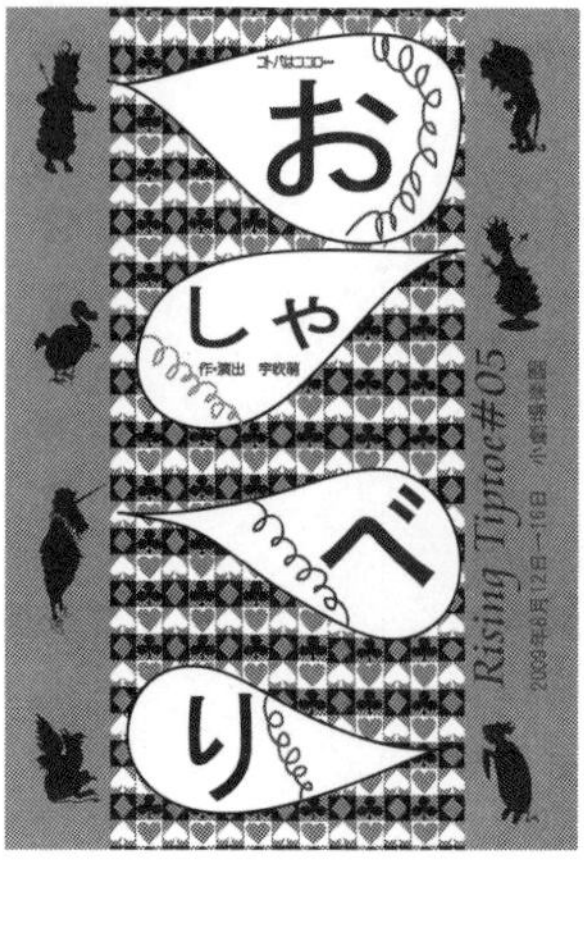

2009.12.10 - 13　小劇場楽園

第6回公演　作・演出・デザイン　宇吹萌

時計は生きている

テレショップでガラクタを買い集めることが趣味のジジイと、世界中の不幸話を聞くのに命をかけるババア。人間ドアが門番をする薄暗い小部屋で、今日も二人は仲良くチャンネル争い。そんなある朝、ババアはひらめく。「時計は生きている」。モノにまみれたこちらの世界にすっかり嫌気がさしたババアは、そのシソウを持ってあちら側へと旅立つのだと言う……。

【Note】ニューヨークに留学中目撃したイラク戦争開戦前後の街と人の様子を元に着想したダークコメディー。途上国の子供たちが生きるために命を削って採掘したコルタンやカカオの実が、先進国の最先端工場で加工され、携帯やモバイル、チョコレートなど「便利なもの」「美味しいもの」に還元されている商品連鎖の世界、さらなる「豊かさ」のためには戦争も厭わないという残酷な世界の成り立ちを私たちはどう捉えるべきなのか……。熱のこもった詩的な戯作で、初期の作品群のなかでは長い間、マイベストの位置付けだった。舞台美術にも相当力を入れた。小劇場楽園の小さな舞台で盆をまわしたのは、後にも先にも私だけではないかと思う。よほどのインパクトがあったのか、いまだに小劇場楽園を使うたびに「宇吹さん、盆はまわしますか？」と主任に訊かれる。

2010.6.22 - 27　シアター711

第7回本公演

作・演出・デザイン　宇吹萌

名もない祝福として

突然呼ばれたその宴には、かつて私の隣にいたあの人やこの人も駆けつけていた。
また出かけるまでの時間を足りなかった言葉でうめながら、私たちはこうして称えあうのでしょう。
――名もない祝福として。

「山奥のハウスウェディング施設」での不思議な一日。かつての親友や死んだペットとの再会を通して、それぞれが互いの命の繋がりに感謝し、一期一会の出逢いを魂の糧としてゆく姿を描いたダークファンタジー。

【Note】初演。美術も衣装もとにかく散財した。甲斐あって、劇場に足を踏み入れた瞬間、別世界に誘われる。

小学校低学年のころ、父親の海外赴任でアメリカに引っ越すことになった私は可愛がっていた「ウサコ」というウサギを帰国するまで祖父母に預けることになった。ところが、ウサコ（ウサ公）は、ある晩、お向かいさんの犬に殺されてしまった。
私はどうしてもウサコ（ウサ公）と再会したかった。現実では無理でも、せめて物語のなかで抱きしめたかった。その思いが私を『名もない祝福として』へと向かわせた。

2010.10.26 - 31　シアター 711

第8回本公演　作・演出・デザイン　宇吹萌

いじわるコーラス　～いつもぜったい みんなぜんぜんそれでそのうちそれとなく

水難事故で妹の美里を亡くした薫は、トラウマから水恐怖症になりお風呂に入れなくなっている。そんな薫の頭のなかに、生涯入浴したことのない十八世紀人の「サミュエルとやら」がたびたび現れるようになる。

いったんは妄想と上手くつきあう術を身に着け、サミュエルと共存する道を選んだ薫だが、いつまでも立ち止まっていてはいけないという心療内科の育子先生の助言に従い、遂にサミュエルを頭のなかから消すことにした。流れ続けていた水を止めた薫が目にした新しい景色とは……。

【Note】薫は水難事故で妹を亡くし、自責の念に駆られるあまりセルフネグレクトが加速してお風呂に入れなくなってしまう。なにを隠そうそれは私自身のことでもある。書くことは思いつめることだ。私は新作を書いていると必ず鬱になる。言葉が言葉になるには、魂をえぐり心の奥深くまで潜らなければならない。作家十五年選手となったいまは、溺れる寸前で水面に浮上する術を身につけたが、このころの私は没頭するあまり入浴はおろか朝の洗顔さえままならなくなることが珍しくなかった。人生「いらないものはみんな流して」「歌を歌う」ことも大切だ。

2011.4.5 - 10　小劇場楽園

第9回本公演　作・演出・デザイン　宇吹萌

ドクターD

ソープ嬢の史《ふみ》は、元旦那の執拗なストーキングから逃れるために都内を転々とする日々を強いられている。一人息子が神隠しに遭ってからは店も休み、一層引きこもるようになっていた。ある晩、そんな史を心配する親友の愛子が、家出をしてきたらしい謎の少女リサを連れてくる。同棲し始めた二人のもとへ、ある男が突然リサを探しにやってくる。リサの素性を知っていると言うのだが……。

【Note】小劇場楽園の二面舞台を活かして、壁を全面鏡張りにした。照明さん泣かせの美術ではあったが、客席が鏡に映る異様な雰囲気が内容の不気味さを際立てることに成功した。

稽古期間中に東日本大震災があり、公演中止も頭をよぎった。

上演に踏みきったのは、テロ直後のニューヨークで当時の市長が経済をまわすために打ち出した政策を思い出したからだ。その政策とは、不安で閉じこもりがちになっていた市民に向けて、買いもの500ドル分のレシートを持参すれば好きなブロードウェイ作品を一本観劇できる、というものだった。私たちも東北のために経済をまわさなければならない。

ほとんどの人は劇場に足を運ぶために公共の交通機関を使う。観劇後には食事に行くことも多い。娯楽としてだけではなく、人と人の交流を深めながら経済をまわし、サロンとしての役割も担っているのが演劇だ。演劇は人が生きていく上で必要不可欠なものだとコロナ禍のいま、改めて思う。

2011.11.15 - 20　小劇場楽園

第10回本公演　作・演出・デザイン　宇吹萌

レッスン

平和な朝の公園で、龍之介くんが猛くんに頭突きして全治一カ月の怪我を負わせてしまった。話し合いの場を設けた親同士だが、なかなか話は進まない。龍之介くんの親曰く、喧嘩両成敗。猛くんの親曰く、越してきたばかりの龍之介くんにはこの公園でのマナーが通じていない。堂々巡りの話し合いの末、治療費を出して帰ろうとする龍之介くんの親に、猛くんの親が「待った」をかけて……子どもの喧嘩に親が出る！

【Note】子ども同士の喧嘩、それをおさめようとする親同士の和解談義、マナー教室、という異なる場面の人間模様を行き来しながら、人間の深層心理をスケッチするダークコメディー。

作中ではオペラ『蝶々夫人』が題材にされている。マナー講師が優雅なお金の無心の仕方を伝授する場面は、まるまる一ページにわたる長丁場なのだが、これまで小巻役を演じた女優はそれぞれ達者にこなしてくれた。

『おしゃべり』の上演のときもそうだったが、『レッスン』の上演にも面白い「偶然」があった。まず、小屋入り直前に宮崎あおい主演の『蝶々夫人』がオンエアされ話題になった。それだけではない。猛の父親はブータン育ちという設定になっているのだが、なんの因果か公演初日にブータンの国王が来日し公演最終日に帰国するということもあった。

二〇一七年に再演したほか、他団体との合同公演で演出していただいたこともある。お客様アンケートでも上位に入る人気作品だ。

2012.7.18 - 22　ザ・スズナリ

THE BITCH

第11回本公演　作・演出・デザイン　宇吹萌

挫折癖が抜けない未熟な魂「ビッチ」は、人生の試練に直面するとすぐに投げ出してしまっていた。

あるときは教室で、あるときは花壇で、人間だけではなく草や虫にまで生まれ変わりながら、面倒くさいことがあるとすぐにビッチは命を絶ってしまう。

輪廻転生を繰り返すうちに、そんなビッチにも生きることへの意欲が芽生える。ようやく自らの〈道〉を進む覚悟を決めたビッチが向かったさきは、極寒のアラスカだった。

なにがあっても生きてゆく覚悟を決めたビッチを祝福するかのように、気まぐれなオーロラが奇跡的に出現する。ある魂の成長物語。

【Note】ザ・スズナリでの初演。翌年に第3回宇野重吉演劇賞優秀賞を受賞した。舞台美術には百個の提灯を使った。大小さまざまな提灯の連なりは「魂の数珠繫ぎ」を表現したもので、白を基調としたセットは死後の世界をイメージした。

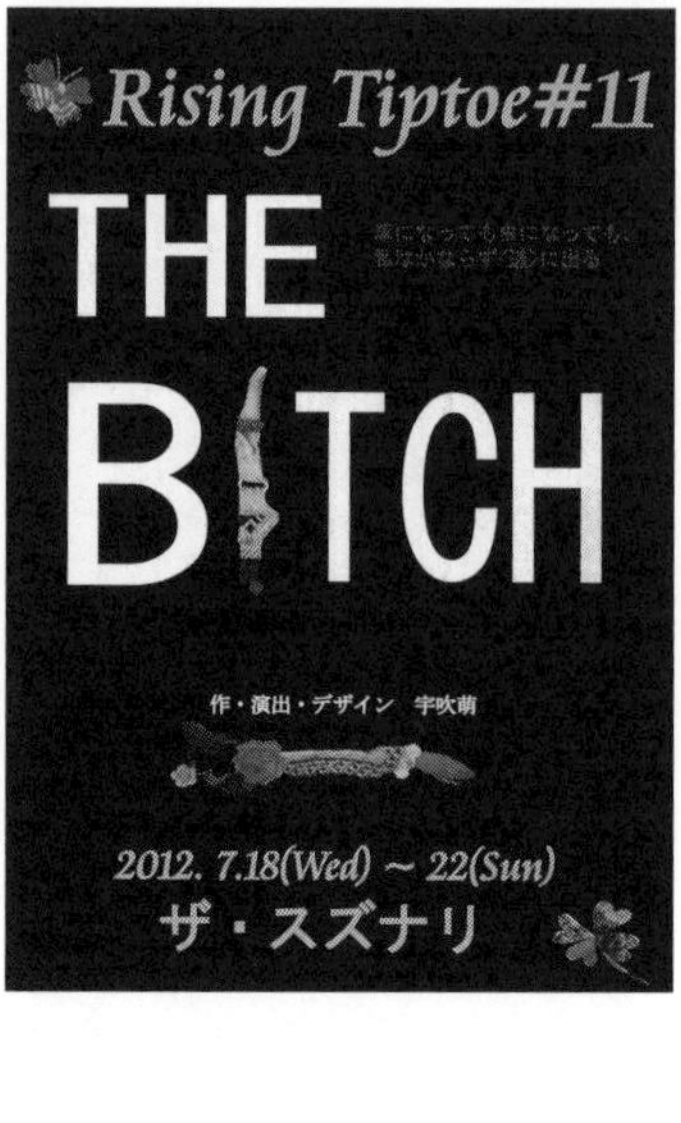

2012.10.26 - 28　高円寺 leaven

第12回本公演

アンファン・ポトフ

作・演出　宇吹萌

「あなたは純真な心をお持ちです。学びも早い。必ず主に救われますよ、お嬢さん。さあ、じっくりコトコトするのです」

三〇一二年、ニューヨーク。世界は飢饉に見舞われ、人々はビタミン剤の配給生活を強いられている。そんな飢饉の時代に、空腹のあまり盗んだリンゴを食べてしまったという少女が教会に懺悔しにやってくる。「口で犯した罪は口で償いなさい」と神父は少女に聖歌隊への入隊を勧めるのだが……。

【Note】『アンファン・ポトフ』の作品世界は三〇一二年ニューヨーク。二〇〇二年十月、私は文化庁の派遣員として、イラク戦争へのカウントダウンが始まったニューヨークで生活していた。『アンファン・ポトフ』は宗教戦争の当事国となったアメリカで過ごした私なりの反戦戯曲であり、特定の宗教や職業を揶揄したものではない。支配者と被支配者双方の病理の相乗効果によって不当な支配関係が構築されてゆくプロセスに焦点を当てて書いた。

上演は、高円寺にあるお洒落な隠れ家カフェ leaven とのコラボレーションという形で行った。劇場ではない会場で上演する初めての試みで「食事つきのリーディング公演」と銘打っていたが、役者は台本を手放し熱演してくれた。お客様は leaven の美味しい料理にも大満足されていた。

leaven とは日頃からお付き合いがあり、翌年『THE BITCH』の祝賀会でもお世話になった。

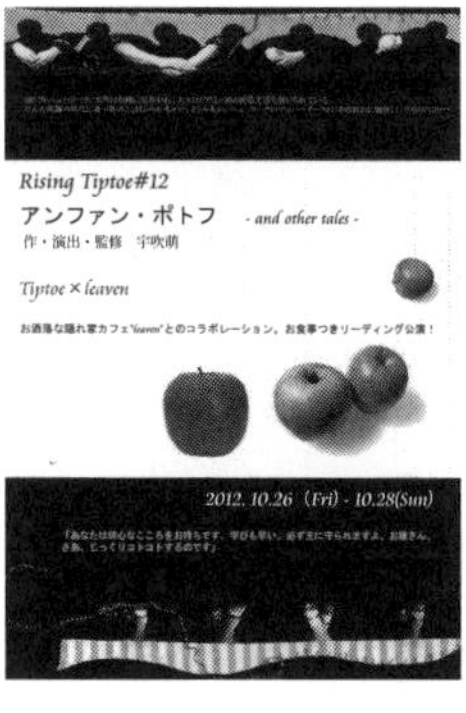

2013.2.19 - 25　小劇場楽園

第13回本公演

悪いのはだあれ？

作・演出・デザイン　宇吹萌

第32回下北沢演劇祭参加作品。『ルチアの首吊り』（再演）と『ねこねこでんわ』（新作）の二本立て公演。二作品とも裁判をテーマにしている。大和田建設社長宅（通称「ブルドーザー御殿」）の裏庭（通称「開発の森」）のねむの木の上で無断で生活をしていたとして訴えられた被告人（自称「活動するヒト」）。活動家としての限界を感じていた被告人は、穏便に引退するためにあえて裁判に負けようとしていた。休廷中にその事実を知った弁護人は原告側に示談交渉を持ちかけるが、拒絶される。原告の大和田社長もまた違法建築にあたる核シェルターを裏庭に所持しており、その存在を隠すために裁判から身を引くわけにはいかなかったのだ。次から次へと新事実が明るみになり混迷を極める裁判に疲れ果てた裁判長は「ねこねこでんわ」をかけようとする。果たしてこの裁判の結末は……？（『ねこねこでんわ』）

【Note】『ねこねこでんわ』はナンセンスコメディー。ナンセンスコメディーは今後もっと書いてみたいと思っている。舞台美術は同じ舞台で二作品上演するためにあえて凡庸性の高いデザインにした。初演の『ルチアの首吊り』の舞台美術とは対照的なカラフルなセットだった。

2013.7.5 - 7　東中野 RAFT

受付

番外公演　作 別役実、演出 宇吹萌

「でもね、あなた。そんなに落胆することはありませんよ。あなたは受付られたんです」
別役さんが自己ベストスリーに入れていたという『受付』を上演。別役作品は役者を鍛える。上演許可をいただく際、別役さんから直筆のお手紙をいただいた。私の宝物である。

2013.10.29 - 11.3　ザ・スズナリ

BINGO

第14回本公演　作・演出・デザイン 宇吹萌

近未来、とある独裁国家。「パーティー」の前夜、少女のユリは、父親と姉のメグが裏庭で自分と同じ年頃の子供に暴力をふるっているのを目撃する。「パーティー」に不信感を抱いたユリは、乳母に答えを求めるが「パーティーはみんなが求めることだから」とはぐらかされてしまう。数年後、大人になったユリは、カクテルを作る職に就く。いつ開催されるかわからない「パーティー」に備えて腕に磨きをかけていたが、ついに開催日がアナウンスされ……。

【Note】移民の苦悩と女工哀史のテーマは私のなかで根強い。『BINGO』もブッシュ政権下のアメリカで生活した経験から誕生した作品である。今日正解だとされたことが明日は平然と不正解になる。正解（BINGO）を当てにいかなければ、とんでもないことが身に起こる。

「あれから電車とバスが争い始めて、街を横断できなくなった。無我夢中で走っていたら、鳩がトレンチコートに悪態をついて、ドーナツがビルに体当たりして、炭酸飲料が郵便ポストに身投げして手紙という手紙を台無しにした。なにが敵でなにが味方なのかは賭けてみるしかない。当たるときは当たるし、外れるときは外れる。すごく怖いけど、三日もすれば慣れて、三カ月もすれば忘れて当たり前になって、三年もすれば懐かしむようになる。のっぺらぼうになってないか水溜りをじっと観察してみた。自分の目の奥は見えなかったけど、星が綺麗だった。明るいのか暗いのか、楽しいのか悲しいのかがいまだに決められない。自分がどこに向かいたいのかもやっぱり分からなくて、迷っているうちにここに戻ってきてたの。合ってるかどうかなんて分からないけど、もう逃げたくない。たぶんそれは合ってる。それだけは合ってる」

これはラストシーンのユリの台詞だが、私たちが生きる世の中の不条理にあって、自然に響いてしまうのが恐ろしい。

2014.2.11 - 16　東中野 RAFT

変身

番外公演　原作 F・カフカ、脚色・演出 宇吹萌

ある朝、グレゴール・ザムザが気がかりな夢から目ざめたとき、自分がベッドの上で一匹の巨大な毒虫に変ってしまっている——あまりにも有名なこの一文で始まるこの物語は、ある朝突然虫になってしまった旅廻りのセールスマンのグレゴール・ザムザとその家族の運命を描いた不条理の古典である。突如、家族にとって決定的な他者となってしまったグレゴールの哀しい運命は、私たちが日常的に遭遇する差別や排他主義にも通じる。

カフカが大笑いしながら音読したというエピソードのあるこの名作のユーモア精神も大切に演出した。

2014.6.18 - 22　座・高円寺1

第15回本公演

名もない祝福として

作・演出・デザイン 宇吹萌

初演から四年、日本劇作家協会プログラムに選出され、座・高円寺1にて上演された。龍前正夫舞台照明研究所の吉本昇さんが、15メートルある座・高円寺の天井の高さを逆手にとって星空を吊ってくださった。台本は初演のものと同じだったが、「アテンド3～10」という役を書き加え、新しい場面をワンシーンだけ追加した。

2014.10.28 - 11.2　小劇場楽園

第16回本公演

花売りのくしゃみ

作・演出 宇吹萌

ママが言ってた。
近くにいる人ほどパッといなくなるもんだって。
そんなときはね、思い出と上手く和解するしかないみたい。
あなたも思い出と上手く和解してね。
何年かけてもかまわない。

美術館の展示室を舞台に、そこで繰り広げられる人間模様を軽快に描いたダークコメディー。

【Note】私の美術好きが高じて書いた作品。四人（四枚）の絵が主人公。誰にも注目されていない美術館の端部屋で、同じ画家に描かれた四枚の絵が人間観察をしている。夜の美術館に行けば、こんな光景が繰り広げられているのかもしれない。ニューヨークに留学中、美術館に頻繁に通った。特にメトロポリタン美術館は三十回以上通ったのではないか。メトロポリタン美術館でゴッホの絵画に初めて出会ったとき、なにかを強く訴えかけられている気がした。そのときからいつかこの物語を書くと心に決めていた。

花売りのくしゃみ
Rising Tiptoe#16
ママが言ってた。近くにいる人ほどパッといなくなるもんだって。
そんなときはね、思い出と上手く和解するしかないみたい。
あなたも思い出と上手く和解してね。何年かけても構わない。
作・演出・デザイン　宇吹萌
2014.10.28(Tue) ~ 11.2(Sun)@ 小劇場楽園

2015.7.10 - 14　ザ・スズナリ

皿の裏

第17回本公演　作・演出・デザイン 宇吹萌

向こう岸には砂糖がある
こちらとあちらの間には、深くて暗い海がある
人びとは甘い夢を見る
甘い夢は底なしの夢
足をとられて溺れる者を
皿の裏まで舐めつくす

近未来、架空の国。海を挟んで「こちら側」と「あちら側」がある。貧しい「こちら側」の住人は、「あちら側」での甘い生活に憧れている。そんなある日、向こう岸から戻ってきた「こちら側」の人間が「あちら側」での甘い生活の実態を語り始めるのだが……。

【Note】私はダイエットコーラ中毒だった。最初は美味しくても時間が経つと病的に甘くなるのはなぜだろう。調べてみると、出てくるのは恐ろしい情報ばかり。人工甘味料に含まれるある成分はもともと戦地の兵士の恐怖心を麻痺させるためにアメリカ政府が開発した麻薬だったという事実にはなにより驚いた。体に毒なだけではない。誰もが日常的に口にしている砂糖や人工甘味料には中毒性もある。かりにこの中毒性を巧みに利用して、国家権力が庶民を操っていたとすればどうだろう。『皿の裏』は私のそんな妄想から誕生した。稽古中、砂糖断ちする人が続出した。子ネズミの脳に穴をあけるとまで言われたら口にしたくなくなるだろう。かくいう私も無事にコーラ中毒から抜け出すことができた。

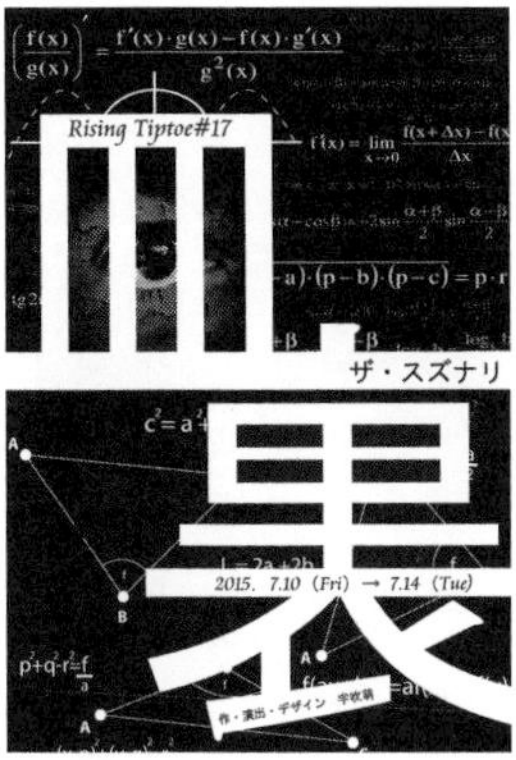

2016.2.24 - 28　東京芸術劇場シアターイースト

第18回本公演　作・演出・デザイン　宇吹萌

模範都市

舞台は無謀な都市開発が進む架空の地方都市。スラムマンションがセレブマンションに変身する一方、地元のスーパーは潰れる寸前。「宇宙から見える巨大モール」のオープンにあわせてやってきた街の新しい住人たちは、なんでも揃うこの街に夢いっぱいでやってくるのだが……。

——消費行動と豊かさをテーマにしたダークコメディー。活動十周年記念公演。

【Note】これまた移民（余所者）の話である。ただ『マリア、マリア』や『BINGO』と違うのは、虐げられた孤独な余所者ではなく、状況を逆手にとり狡猾に生き抜く「いい人たち」の集団を描いたところだ。

私は端役を書かない。『模範都市』は二十七名の登場人物で、これは私の作品のなかでも最多となるが、そのすべてに物語上の使命がある。二十七名の登場人物を活かすためにかなりの労力を費やした。

再演するとすれば、舞台と客席が近いブラックボックスで観てみたい。舞台美術のアイディアは無限にある。

2016.6.29 - 7.3　明石スタジオ

キャリル・チャーチルの世界

第19回本公演　作 C・チャーチル、翻訳・演出 宇吹萌

二本立て公演。

『カモメ』ヴァレリーは、念力で物を動かすことができる特殊能力の持ち主。普通の主婦としての日々に飽き足らない彼女は、マネージャーで元同僚のダイと共に各地へ招かれ、望み通り刺激的な生活を手に入れるが……。

『ホット・ファッジ』交際を始めたばかりのルビーとコリンは、それぞれ会社を経営しているという程度にしかお互いのことを知らない。そんな彼らのとある晩を数時間ごとに追っていくと、お金と嘘にまみれた真実が明るみになってゆく。

【Note】イギリスの劇作家キャリル・チャーチルの短編二作品。機会があれば翻訳は今後もやってみたい。

2016.8.17 - 21　三越劇場

第20回本公演　作・演出・デザイン 宇吹萌

THE BITCH

三越劇場での再演。教室のシーンで「えりな」という役を追加した以外は、台本には手を入れずに上演した。余談になるが、「えりな」は姪の日本名である。この公演の数年前に生まれた姪があまりに可愛く、女優の素質もある子なので、なんとか「出演」させてあげたかったのだ。

『THE BITCH』は私にいろいろなチャンスを与えてくれた。自分ではない演出家がこの作品をどう演出するのかを一度見てみたい。この作品に限らず、どなたか演出してください。

2016.9.27 - 10.2　ザ・スズナリ

第21回本公演　作・演出・デザイン 宇吹萌

鬱まくら

人間の目には見えないウツという存在がいる。

そのウツの落ちこぼれ「るんた」はいつまでもウツ実績を上げられないことでウツ会のトップ「室長」に説教される日々。

るんたはもっとも簡単な課題とされるエミをいつまでもウツにすることができず、躁から転職した「カリスマ」にまで先を越されてしまう始末。

そんなある日、るんたはウツが人間の枕元に立つために必要な「鬱まくら」が管理されている「まくら室」に室長を閉じ込め、世の中からウツをなくすことに成功する。

しかし、世の中からウツがなくなることにより、人びとは落ち込むべきときに落ち込むことができず、さまざまな問題が表面化する。

【Note】誰しもが一度は経験したことがあるであろう鬱。その鬱を擬人化してみたくなった。涙に浄化作用があるのと同じで、過度でなければ落ち込むことは真に立ち直るためには必要なプロセスなのではなかろうか。
舞台美術は脳内空間をイメージし、赤い血管を張り巡らせた。これらが照明によって影ができたり黒光りしてなかなかいい味をだしてくれた。私がこれまで手掛けた舞台美術のなかでも三本の指に入るお気に入りの美術だ。

2017.2.7 - 19　小劇場B1

第22回本公演　作・演出・デザイン 宇吹萌

レッスン

第27回下北沢演劇祭参加作品。はじめてのロングラン公演。一週目と二週目でキャストを総入れ替えして上演した。初演の舞台美術は変形ひな壇だったが、再演の舞台美術はドーナツ型のセットを公園に見立てたりマナー教室に見立てたりした。『レッスン』は相変わらず受けがいい。

2017.11.30 - 12.4　ザ・スズナリ

第23回本公演　作・演出・デザイン 宇吹萌

RACE

近未来、架空の国。山と湖に囲まれたリゾートホテル（通称「マウンテンハウス」）は、かつてダムの建設で沈められた町の名残として、富裕層向けの観光名所と化していた。

マラソンランナーのケイには、ダム建設時に立ち退きを強いられた従妹一家の避難を手伝い、アップステートの実家で共同生活を送った辛い過去があった。現役を引退し、自らの半生を振り返るために久しぶりにマウンテンハウスに戻ってきたケイは、閉鎖の危機にある最後の砦をなんとか守ろうとする健気な人びとと出会い、次第に自分を取り戻してゆく。

そんな折、とあるレースの話がケイに舞い込む。勝つか負けるか。レース当日、ケイが下した決断とは……？


【Note】エンタメ批評家の阪清和さまが「SEVEN HEARTS 演劇大賞」という演劇賞を創設された。『RACE』はその初年度「SEVEN HEARTS 演劇大賞2017」にて［脚本賞］入選：宇吹萌、同賞の小劇場部門にて［女優賞］入選：汐美真帆、［女優賞］次点：平松沙理、［男優賞］入選：桂紋四郎の四部門で入賞した。

私のこれまでの作品で唯一のヒューマンドラマ。

作中の「マウンテンハウス」はニューヨークに実在する「モホンク マウンテン ハウス」という山と湖に囲まれた高級リゾートホテルがモデルになっている。舞台美術は、ワイン、血、湖、ダム、といった作中の水のイメージを鏡で表現してみた。

2018.3.13 - 18　八幡山ワーサルシアター

第24回本公演　作・演出・デザイン 宇吹萌

おしゃべり

再演。マンションの住人が壁の穴から顔を出す舞台美術は、場面別に装飾されたパネルで穴を塞ぐと台所や教室に早変わりする。ラストシーンではその壁が左右に開き「入江さん」が不在の部屋が出現した。

第15回杉並演劇祭優秀賞受賞。授賞式は奇しくも『おしゃべり』に出てくるゴミ焼却炉のモデルになった杉並区のゴミ焼却炉がある高井戸の公共施設で行われた。初演時にはまさか九年後にこのゴミ焼却炉の目と鼻の先で授賞式に出席するとは想像だにしていなかった。

SEVEN HEARTS 演劇大賞2018　小劇場部門［リバイバル作品賞］優秀賞：「おしゃべり」(Rising Tiptoe)、［演出賞］優秀賞：宇吹萌、［脚本賞］優秀賞：宇吹萌、［女優賞］入選：大場結香の四部門で入賞。

2018.7.14 - 16　高円寺 leaven

特別公演　作・演出 宇吹萌

ネジ

「夢を見たのはその晩でした。相乗りの相談をもちかけられても首を横に振るだけで。

みんなそれぞれの方法で高尾をあとにするなか、正気のようで正気でない若宮くんが一人ぽつんといたそうです。

引き返すつもりなんてなかったんじゃないかな」

高尾が終点だなんて、誰が決めたんですか？


JR中央線高尾行の最終電車でとあるネジを見つけた男は、そのネジの持ち主の女と高円寺のカフェで落ち合うことになる。果たしてそのネジの正体とは……？

【Note】『皿の裏』のラストシーンで、とある女性がクリーニング店にやってくる。クリーニングに預けた洋服のポケットのなかにあったはずのネジを探しにやってくるのだが、このネジについて一本書いたら面白いのではないかと考えた。
人にとってはなんの価値もない、とるに足らないようなモノが、ある人にとっては命と同じくらいの価値があったりする。現実では事情を聞く機会はほとんどない。ならば物語のなかで探ってみようというのがこの台本のはじまりだった。

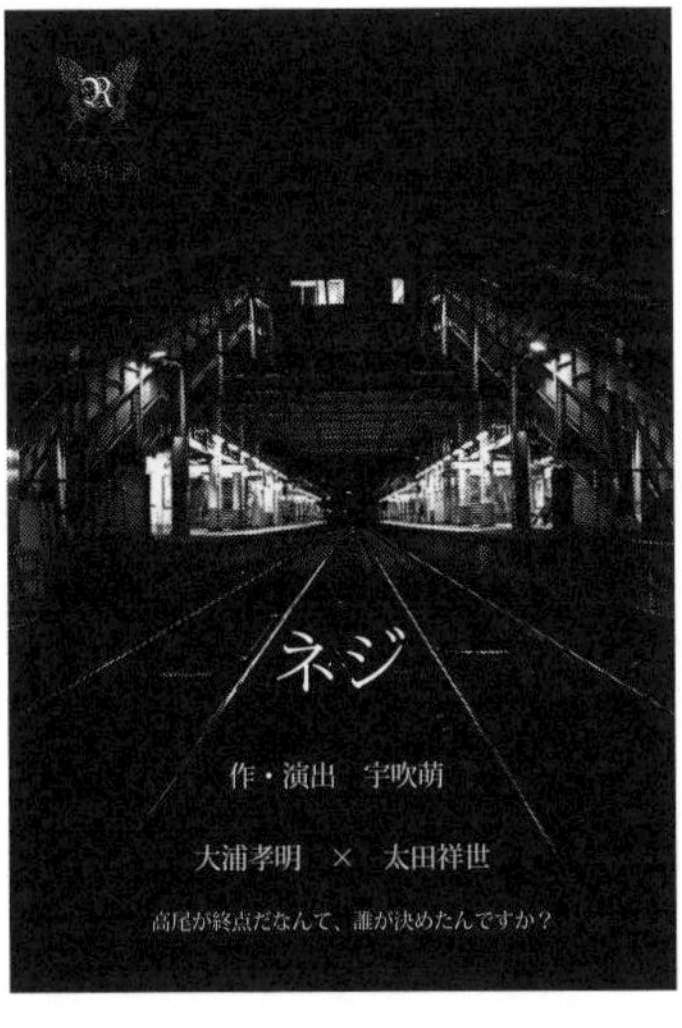
ネジ
作・演出　宇吹萌
大浦孝明　×　太田祥世
高尾が終点だなんて、誰が決めたんですか？

2018.10.30 - 11.4　ザ・スズナリ

チョコチップクッキー

作・演出・デザイン　宇吹萌

第25回本公演

近未来、架空の町。この町ではカカオが薬として処方されている。ポリフェノールが効く病であれば、ただでチョコレートを手に入れることができることに目をつけた「私」は、喘息を装ってこの町へやってきた。

「私」は搾取工場で働いていた母が一日の給料で買ってくれるチョコチップクッキーの虜になっていたが、人気が出るにつれ値上げされ、格差の象徴となったチョコチップクッキーに憤りを感じるようにもなった。

町での生活を楽しんでいた「私」の心に変化が芽生える。「私」が生きるために選んだ道とは？


【Note】鬱病を装うことで障害者手帳を取得し、豪遊している人がいた。その人は仕事を休み、毎日お酒を飲んで遊び歩いていた。世の中には本当に鬱で苦しんでいる人がいる一方、こんな人もいる。だが人間は社会との接点を失ったままでいると、遅かれ早かれ心が満たされなくなる生きものだ。彼らが重い腰をあげ、いざ社会復帰しようと思うときには手遅れな場合が多い。

作中出てくる「町民バッジ」は障害者手帳の暗喩だ。『チョコチップクッキー』は労働の在り方について私なりに一石を投じたダークコメディーである。舞台には巨大なチョコチップクッキーを出現させた。この巨大クッキーは照明によっては惑星のようにも見えて面白い効果を発揮してくれた。

SEVEN HEARTS
演劇大賞2018
小劇場部門にて、
［戯曲賞］入選：
宇吹萌。

2019.7.3 - 7　座・高円寺1

第26回本公演　作・演出・デザイン 宇吹萌

皿の裏

再演。日本劇作家協会プログラムの演目として座・高円寺1で上演させていただいた。なんといっても舞台美術。白いハンガーを人骨に見立てた初演の美術も好評だったが、再演美術はホースを1500メートル、マネキンを86体使うことで、明かりが入るとそれらが七変化する幻想的で病的な空間を出現させた。この世界こそが皿の裏！と断言できる再演美術。

SEVEN HEARTS 演劇大賞 2019　小劇場部門にて四部門入賞。［リバイバル作品賞］優秀賞：『皿の裏』(Rising Tiptoe)、［女優賞］入選：おおばゆか、［女優賞］入選：星野クニ、［男優賞］入選：神山武士。

2019.9.3 - 8　ザ・スズナリ

第27回本公演　作・演出・デザイン 宇吹萌

咲く

あなたが思っているよりずっと、私は近くにいるんですよ

私たちはもう繋がってる
途切れることなんてないのよ

これからも楽しいことがたくさんあるわ
見えなくなっても、引き寄せて

都内にある庭。限られた陽のなかで、花々が身を寄せ合って咲いている。人間たちの話によると、この庭は更地にされるらしい。命の期限は一ヶ月。最後の一瞬まで、花々は咲いた。

【Note】実家の台所から見えていた裏の家にある藤の木。いつも楽しませてもらっていたが、その家がなくなることになり草花も運命を共にすることになった。更地にな

る前日、藤は綺麗な花を咲かせた。ところが翌朝ブルドーザーの音で目が覚めると、藤は無残に倒されていた。この藤の木を忘れてなるものか。『咲く』は花の咲きざまを通して生を描いたダークファンタジーである。

SEVEN HEARTS 演劇大賞2019　小劇場部門にて五部門入賞。[作品賞]入選：『咲く』(Rising Tiptoe)、[演出賞]優秀賞：宇吹萌、[戯曲賞]入選：宇吹萌、[女優賞]優秀賞：前田真里衣、[男優賞]入選：瀬沼敦。

『咲く』は同じタイトルでオペラ作品も書いている。ただし内容はまったく違う。オペラ『咲く～もう一度、生まれ変わるために』は、文化庁委託事業「日本のオペラ作品をつくる～オペラ創作人材育成事業」に台本作家として参加して書いた(台本：宇吹萌　作曲：竹内一樹)。

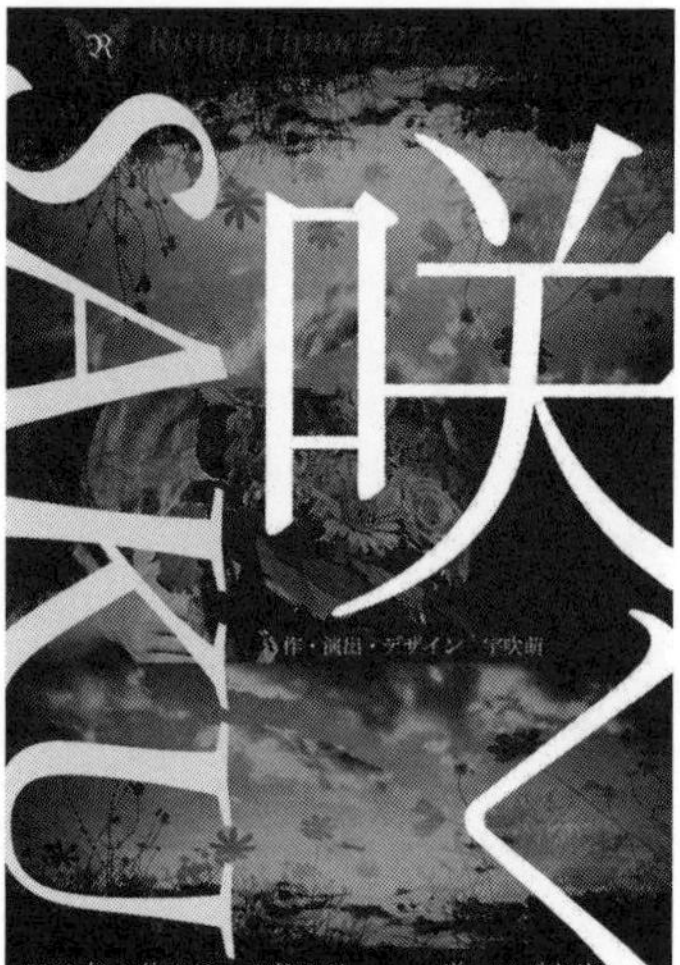

［著者略歴］

宇吹 萌（うすい・めい）

劇作家・詩人・演出家・Rising Tiptoe 主宰。

慶應義塾大学法学部卒業。慶応義塾大学大学院文学研究科国文学専攻修了（唐十郎研究）。2002 年、文化庁新進芸術家在外派遣制度演劇分野 2 年派遣員に内定。派遣先のニューヨークにてリチャード・フォアマン監修のもと自作を翻訳・上演しデビュー。帰国後、Rising Tiptoe を立ち上げ、以後全作品の作・演出・デザイン（宣伝美術・舞台美術・音響プラン）を手掛ける。

2013 年、「THE BITCH」にて第 3 回宇野重吉演劇賞優秀賞を受賞。2018 年、「おしゃべり」にて第 15 回杉並演劇祭優秀賞受賞。2020 年、オペラ「咲く～もう一度、生まれ変わるために」が文化庁委託事業「日本のオペラ作品をつくる～オペラ創作人材育成事業」選出作となる。

THE BITCH《ザ・ビッチ》／名もない祝福として

2020 年 10 月 30 日　初版第 1 刷発行

著　者　宇吹 萌

発行所　有限会社 而立書房

東京都千代田区神田猿楽町 2 丁目 4 番 2 号

電話 03（3291）5589 ／ FAX 03（3292）8782

URL http://jiritsushobo.co.jp

印刷・製本　中央精版印刷 株式会社

落丁・乱丁本はおとりかえいたします。

ISBN 978-4-88059-424-8　C0074

谷 賢一

演 劇

2020.3.20 刊
四六判上製
272 頁
定価 2000 円
ISBN978-4-88059-418-7 C0074

福田恆存の評論「人間・この劇的なるもの」を土台とし、卒業式をめぐる学校内の軋轢を描いた「演劇」、現実を打ち破る強いフィクションを指向した虚構劇「全肯定少女ゆめあ」他、豪華三本立て戯曲集。劇団 DULL-COLORED POP の作品リストも付録。

谷 賢一

戯曲 福島三部作

第一部「1961 年：夜に昇る太陽」
第二部「1986 年：メビウスの輪」
第三部「2011 年：語られたがる言葉たち」

2019.11.10 刊
四六判上製
336 頁
定価 2000 円
ISBN978-4-88059-416-3 C0074

劇団 DULL-COLORED POP の主宰で、福島生まれの谷賢一が、原発事故の「なぜ？」を演劇化。自治体が原発誘致を決意する 1961 年から 50 年間を、圧倒的なディテールで描き出す問題作。第 23 回鶴屋南北戯曲賞、第 64 回岸田國士戯曲賞受賞。

永井 愛

ザ・空気 ver.2　誰も書いてはならぬ

2019.12.10 刊
四六判上製
112 頁
本体 1400 円
ISBN978-4-88059-417-0 C0074

舞台は国会記者会館。国会議事堂、総理大臣官邸、内閣府などを一望できるこのビルの屋上に、フリージャーナリストが潜入する。彼女が偶然見聞きした、驚くべき事件とは…。第 26 回読売演劇大賞選考委員特別賞・優秀男優賞・優秀演出家賞受賞作。

太田省吾

夏／光／家

1987.3.25 刊
四六判上製
160 頁
本体 1500 円
ISBN978-4-88059-103-2 C0074

遠い音楽。波……やがて、蝉の声。夏の陽をあびる、船の後部……。断片化する〈対幻想〉の裂け目を優しい眼差しで透視する太田省吾の戯曲。「千年の夏」「午後の光」「棲家」珠玉の 3 篇を収録した。

キャロル・K・マック他 著／三田地里穂訳

SEVEN・セブン

2016.8.20 刊
四六判上製
296 頁
定価 2000 円
ISBN978-4-88059-394-4 C0074

いまこの地球上に、自らの人生を自らが選ぶ権利が夢でしかない女性たちがいることを知っていますか？　7 人の米国女性劇作家と、7 人の女性社会活動家が出会い、芸術と政治・社会活動が融合して誕生したドキュメンタリー・シアター作品。

ノエル・カワード／福田 逸 訳

スイートルーム組曲 ノエル・カワード戯曲集

2020.9.10 刊
四六判上製
288 頁
定価 2000 円
ISBN978-4-88059-422-4 C0074

20 世紀英国を代表する才人が最晩年に執筆・上演し、"自身最上の舞台"と絶賛した「スイートルーム組曲」。高級ホテルのスイートルームで、熟年の夫婦・愛人・給仕たちが織りなす、笑いあり涙あり、至言・名言が飛び交う極上の人間ドラマ。